徳間文庫

大江戸釣客伝㊤

夢枕 獏

徳間書店

目次

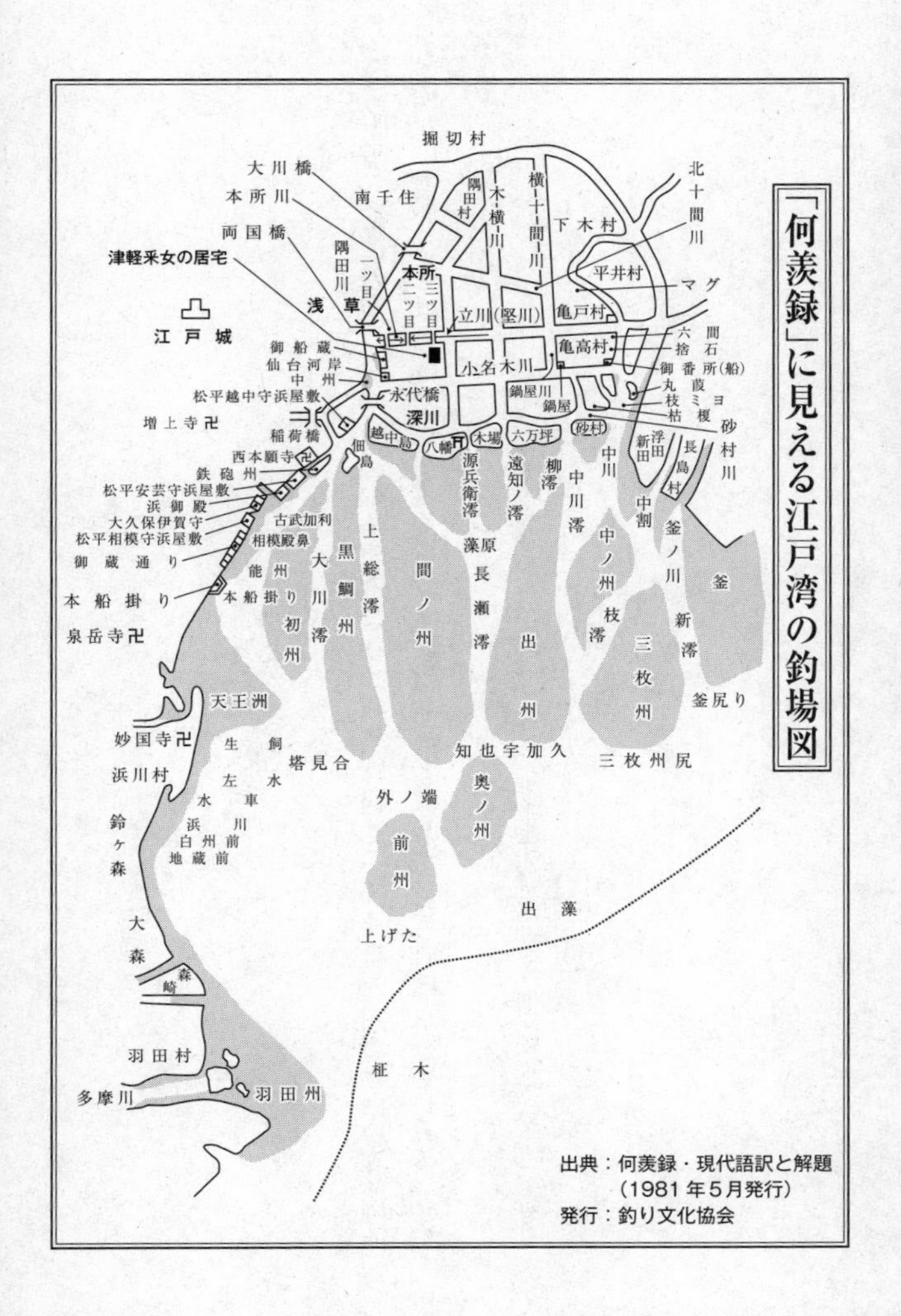

「何羨録」に見える江戸湾の釣場図

出典：何羨録・現代語訳と解題
（1981年5月発行）
発行：釣り文化協会

嗚呼、釣徒の楽しみは一に釣糸の外なり。利名は軽く一に釣艇の内なり。生涯淡恬、澹かに無心、しばしば塵世を避くる。すなはち仁者は静を、智者は水を楽しむ。豈その外に有らんか。

——津軽采女『何羨録』「序」より

序の巻　幻談(げんだん)

舟が、のんびりと揺れている。

波というほどの波でない波が、ゆらゆらと絶え間なく舟をゆすっている。

しかし、舟全体を持ちあげたり下ろしたりするほどではない。

船頭の仁兵衛(じんべえ)は、艫(とも)に腰を下ろして、煙管(キセル)で煙草を喫(す)っている。

しばらく前まで退(さ)げていた潮が、今は止まっていた。

青い海の上には、わずかな風があるばかりで、その風も、波を大きくしたり数を増やしたりするほどではない。

三月——

佃島(つくだじま)の南の沖合二町ほどのところに舟を停めて、春鱠残魚(ハルギス)を釣っている。

ちょうど、黒鯛洲(くろだいす)の上だ。

舳先(へさき)を北へ向け、西側の大川の澪(みお)に向かって竿(さお)を出すかたちになっている。澪からているのである。

洲に向かってのかけあがりが終ったあたりの高に、鱠残魚が産卵のために集まってき

釣り客はふたり。

宝井其角と、多賀朝湖。

宝井其角は俳人松尾芭蕉の門人で、多賀朝湖は絵師である。

——貞享二年（一六八五）。

宝井其角が二十五歳。

多賀朝湖が三十四歳。

ちょうど、ふたりが竿を出している方向に鉄砲洲があり、そのすぐ背後に西本願寺本堂の大屋根が見えている。大屋根の左に、遠く富士の山が春霞に煙っている。

「さっぱりだなア、其角よう——」

朝湖が言った。

潮が動いている間は、そこそこあがっていたのだが、潮が退げ止まってからは、ほとんど喰わなくなった。ぱったりと喰いが止まって、魚信も消えた。

「向こうはまだ手があがってるようですよ」

其角が、顎を小さくしゃくるようにして、鉄砲洲の方へ視線を向けた。

「わかってるよう、俺らにも見えてら」

朝湖は、わざとそちらへは視線をやらずに答えた。

それでも、朝湖の視界の中に鉄砲洲は入っている。

鉄砲洲には、何人かの釣り人が入っていて、そのうちのひとりの竿が、さっきから何度も立つのが見えるのである。

「旦那、あちらまで舟を寄せやしょうか」

話を聴いていたらしい仁兵衛が、艫から声をかけてきた。

「よせやい」

朝湖は言った。

「伍大力仁兵衛が、沖から鉄砲洲へ舟を寄せたって、文句を言う奴ぁいねえだろうが、そんなに甘かあねえよ。釣れてるとこへ寄せたから釣れるってえもんじゃねえことくらい、よくわかってるくせに――」

「その通りで――」

朝湖が何と言うか、あらかじめわかっていたのか、仁兵衛は、六十歳の白髪頭を撫でながら嗤った。

江戸での春鱠残魚釣りは、十七年ほど前、鉄砲洲でこの仁兵衛が始めた釣りだ。

江戸浦——江戸湾での海上輸送というと、木更津船とも呼ばれた五大力船が知られている。仁兵衛はもともとはこの五大力船の船頭をしていた男で根っからの漁人である。毎年、鉄砲洲に船を繋いでいたのだが、底の砂のぐあいや、大川の流れのぐあいを見ると、妙にひっかかるものがある。

「ここで鱠残魚が釣れぬわけはない」

そう思って、ある時仕掛けをこしらえて、川蚯蚓——ゴカイを餌にして投じたところ、実によく釣れた。

それに続いて、元水戸家の能太夫であった岩崎長太夫が竿を出したところ、これもよく釣れた。これが評判となって、江戸の春鱠残魚釣りが始まったのである。

仁兵衛は、鉄砲洲の主のようなものだ。

「鉄砲洲にゃ、五人ほど入ってるが、さっきから竿が立ってるのは独りだけだ。奴ぁ、ひとりだけ、周りにわからねえように何か妙なことをやってるんだろう。それが何かってえことにゃ興味があるけどね。沖から割り込むだけでも野暮なところ、それで釣れなかったら、江戸じゃあちったあ知られたこの多賀朝湖の名前が笑いもんになるだけだよ」

朝湖は、左袖の柄がよく見えるように、左腕を持ちあげた。

朝湖が着ているのは、派手な小袖であった。

左袖から左肩、そこから背の上部にかけて、赤い市松文様（いちまつもよう）が入っていて、背中の空（あ）いたところへ、紫色をした大きな鯉（コイ）が跳ねている。

役者の衣装のようだ。

屋根舟での鱠残魚釣りに着てくるようなものではない。

遠目でも、知る者が見れば、すぐに絵師の朝湖とわかる。

「まあ、やめとこうよ」

「そいつあいい心がけだね、兄（あに）さん」

「まあ、のんびりやろうじゃねえか。釣れねえからって、無理に帰（けえ）るこたあねえ。まだ酒は残ってるんだ。一杯（いっぺえ）やりながら、潮がまた動き出すのを待とうぜ」

「そいつあもっといい心がけ……」

そう言った其角の声が、途中から裏返って——

「き、来た」

右手を撥（は）ねあげて、合わせを入れた。

二間（けん）半——四・五メートルの竿が、〝へ〟の字に曲がって、その竿先が海面に突き刺さっている。

大物だ。

海中で、誰かが竿先を摑んで引き込もうとしているように、ぐいっ、ぐいっ、と竿が引き込まれてゆく。

「馬鹿、伸されちまうぞ」

朝湖が高い声で言った。

竿を伸されて真っすぐにされたら、もう竿の弾力で魚の引く力を緩和できずに、糸を切られてしまう。

「そんなこと言ったって――」

其角が、左手を竿に添えて、なんとか竿を立てようとする。

「強く引いたら切れちまうぜ」

「どうすりゃあいいんです」

「知るか」

確かに、其角の竿に来た魚は大物であるとわかる。

朝湖も、その竿の曲がり具合に興奮しているが、釣っている当人ではないからまだ其角をからかうだけの心のゆとりは残っている。

其角は、朝湖に合わせてあれこれ答えてはいるものの、その眼つきは真剣で、口元からは喰い縛った歯が覗（のぞ）いている。

ようやく、竿先が海面から上に出た。

「竿を立てろ」

朝湖に言われるまでもない。

そのくらいは其角もわかっている。

昨日、今日、始めた釣りではない。

ただ、そのわかっていることができないだけだ。

必死でやりとりしているうちに、なんとか竿が立ってきて、魚が海面近くまであがってきた。

それでも、海面に近づくと、魚がまた糸を海中に引き込んでゆく。

「くそ」

何度かそれを繰り返して、やっと魚影が見えた。

「王余魚（カレイ）だ」

朝湖が声をあげた。

海面のすぐ下で、王余魚の白い腹が何度かゆらめく。

大きい。

いつの間にか仁兵衛がやってきて、

「うまく寄せて下さいよ」

右手に握った手網(たも)を、海に向かって伸ばした。

魚の顔が見えた。

「な、なんだ?」

其角の声がまた裏返った。

もう、錘(おもり)は海面の上にあった。

重さ三匁五分(もんめ)——鉛の錘である。

さらにその先に根巻(ねまき)のテグスがあって、その先に鉤(はり)がある。

その鉤に喰いついているのは、�残魚であった。

王余魚は、その鉤掛かりした鱠残魚を、その頭近くまで呑(の)み込んで咥(くわ)えているのである。王余魚に鉤掛かりしているわけではなかった。

「寄ってこい」

其角が、仁兵衛が海に差し出した手網まで王余魚を引き寄せようとした時、ふいに竿先が勢いよく跳ねあがった。

青い空に向かって、糸と錘が飛んだ。

「ち、ちくしょう！」

其角が叫んだ。

姿勢を崩した其角の腕が、後ろにあった屋根の柱にぶつかった。

屋根の下まで巻きあげてあった簾（すだれ）が、そのひょうしにはずれ、ばらりと音をたてて下がった。

「あーっ」

なんとも情けない声を、其角はあげた。

海面で、ゆらりゆらりと身をゆすった後、王余魚の姿は、すぐに海中に消え去っていた。

まだ竿を握っている其角のすぐ眼の前——青い海面の上で、錘と鱠残魚の頭が揺れている。糸が切れたのではなかった。鱠残魚の身体（からだ）が、頭のすぐ下のところから喰いちぎられていたのである。

其角は、呆（ほう）けたような顔で、まだ、海面で揺れている錘と鱠残魚の首を眺めていた。

「吉原の連中（なか）に、見せてやりたかったぜ」

朝湖がそう言ったのは、互いに酒を何度かやりとりしてからであった。

「何のことです？」

酒の入った湯呑み茶碗を右手に持って、其角が言う。

「だから、さっきの様子をさ。いつも澄ました顔で酒を飲んでる宝井其角が、まさか、あんな風に大慌てするたあ、誰も思っちゃいねえだろうよ」

「何とでも言ってくれてかまいませんよ」

鱠残魚の胴と一緒に、魂まで持っていかれてしまったような顔つきで、其角が言った。

其角の竿は、もう海に向かって出てはいない。

舟の中に寝かされて、舟の揺れに合わせ、時おりころりと半回転しては、ころりとまた逆に半回転するということを繰り返しているだけだ。

「それにしても、でかかった——」

其角が、声にくやしさを滲ませて言う。

「一尺五寸はあったろう」

「いえ、二尺はともかくとしても、一尺八寸はありましたよ」

「そいつあ、逃げられた者の欲目だ。釣り逃がした魚は大えものと、相場が決まってらあ——」

「いえ、ありましたよ、一尺八寸。本当は、二尺と言いたいところを、今のように言われるのが嫌で、小さく一尺八寸と言ってるんだから――」

「まあ、そういうことにしておこうじゃねえか、其角よう」

嗤いながら、朝湖は、湯呑みの中の酒を干した。

陸（おか）の上なら猪口（ちょこ）で飲むところを、舟の上であるので、湯呑みを使っている。

江戸浦で釣れる王余魚は、マコガレイ、イシガレイなど何種かあるが、いずれも、大きくとも一尺五寸くらいまでだ。それ以上、一尺八寸ともなると、めったに釣れるものではない。

「もう、竿を出す気分にゃなれませんよ」

其角が言う。

今、竿を出しているのは、朝湖だけである。

その朝湖の竿も、餌（エサ）の川蚯蚓（カワミミズ）を新しく鉤につけて、海に放り込んだままになっている。

朝湖は舟縁（ふなべり）にその竿をたてかけ、今は其角と酒を飲んでいるのである。

しばらく前から、潮が動き出していた。

退がっていた潮が、あげはじめている。

少し、風も出てきたのか、ゆったりとうねる海面に、その風が作る小さな波が見える。

「しかし、どうだったんだい、さきのは――」

朝湖が訊(き)いた。

「最初は、小さな魚信(アタリ)があったんですよ」

其角が、愚痴(ぐち)とも言いわけともつかない説明を始めた。

「そんときゃあ鱠残魚の魚信だったんです……」

鱠残魚――シロギスのことである。

もぞりもぞりと、竿に魚信が伝わってきた。

合わせたくなるのをこらえ、少し送り込んでやって、軽く糸を張ったら、

「ぐぐっときたんで合わせてやったんですよ。そうしたら――」

いきなり、ごつんとさらに大きな魚信がきて、竿をひったくられるような引きが伝わってきた。

「慌てて大きく合わせたら、ああいうことになっちまって――」

「そりゃあ、あれだな、最初に鉤に鱠残魚がかかって、その後、その鱠残魚に王余魚が喰いついたんだろう」

「でしょうね」

　其角がうなずくと、

「其角、怒るなよ」

　ふいに、朝湖が声を低めて言った。

「何のことです？」

「酒がうまい」

「――」

「もしも、おめえがあの大王余魚を釣りあげてたら――」

「うまい酒を今飲んでいるのは、兄さんではなく、わたしの方だったということでしょう」

「そういうこった」

「ちぇ」

　苦笑いをしながら、其角がちろりを差し出すと、朝湖は、空になった湯呑みを持った左手を伸ばした。その湯呑みに、其角がちろりから酒を注ぐ。

「ところで、芭蕉先生は、いつお帰りになるんだい」

　言いながら、朝湖は湯呑みを口へ運んでゆき、言い終えた唇の間へ酒を流し込んだ。

「来月の末にゃあ、もどってくると思いますが――」

「出かけたのは、昨年の――」

「八月です」

「するってえと、九ヵ月の旅ってことか」

「はい」

芭蕉というのは、其角の俳諧の師である松尾芭蕉のことだ。

この頃、芭蕉は深川に住んでいて、昨年八月、門人の千里を伴なって旅に出る時も、深川の芭蕉庵から出発している。この旅の紀行が、『野ざらし紀行』となるのだが、それはもう少し先のことである。

「おう、できたぜ、其角」

ふいに、朝湖が言った。

「何がです？」

「発句だよう」

朝湖は、湯呑みの中に残った酒を干して、

「大王余魚見てすぐ帰る春の富士」

そう言った。

言った後すぐに頭を掻いて、

「こいつあ、できがよくねえか」

笑った。

「ならば、それに続けて――波間のことも夢のまた夢――といきましょう」

「太閤さまかい」

「ええ」

其角がうなずく。

太閤――豊臣秀吉のことだ。

秀吉の辞世の句が、

露と落ち露と消えにし我が身かな
浪速のことも夢のまた夢

である。

それを踏まえて、〝浪速〟を〝波間〟として、其角が朝湖の句に続けたのである。

大王余魚見てすぐ帰る春の富士
波間のことも夢のまた夢

自分と其角の句を口の中で転がして、

「おれのは大(てえ)したもんじゃねえが、おめえが上手(うま)く続けるから、なんだか様(さま)になっちまったじゃねえか」

朝湖は楽しそうに言った。

「陸(おか)へもどったら、俺らが気の利いた絵を描くからよ、おめえの手でこの句をそいつに添えといてくれ――」

「そりゃあまた、いい趣向で――」

「描くのは其角の泣きっ面(つら)だ。吉原(よしわら)へくり出して、皆に御披露しなくちゃな」

「逃がした魚は、一尺八寸。どこかにそう書かせていただきましょう」

「勝手にしろ」

朝湖は、いい気分に酔っている。

顔が酒で赤くなっている。

「海はいいな、其角」

朝湖は、穏やかに上下する海面を眺めながら言った。

「こうやって、竿を出していれば、陸(おか)でのあれもこれも、みんな夢みてえなもんだ……」

「城内も、まだまだ落ちつかないようですね」

「昨年の八月以来だよ」

「堀田(ほった)様が、亡くなられてから――」

「亡くなられたんじゃねえよ。殺されたんだ」

朝湖は言った。

昨年――貞享元年（一六八四）の八月二十八日。

江戸城内で、大事件が起こった。

大老の堀田正俊(まさとし)が、若年寄の稲葉正休(いなばまさやす)に刺し殺されてしまったのである。

『徳川実紀(とくがわじっき)』には、
　少老稲葉石見守(いわみのかみ)正休、発狂して、大老堀田筑前守(ちくぜんのかみ)正俊を刺したり。

とある。

堀田正俊は、延宝八年（一六八〇）、徳川綱吉が五代将軍になる時に、功あった人物である。

前将軍である家綱の容態がいよいよ悪くなった時、時の大老であった酒井忠清は、京より有栖川宮を迎えて、これを五代将軍にしようとした。

それが八分通り決まっていた時に、堀田正俊が謀って、綱吉を五代将軍に据えてしまったのである。その堀田正俊が城内で、殺されてしまったのだ。酒井忠清にかわり、堀田正俊が大老となって四年目のことだ。

以来、江戸城内には、どうも落ちつきがない。

嘘か真か、場内で誰かが堀田正俊の幽霊を見ただの、綱吉が側小姓を手打ちにしようとしただのという噂が、城外にも届いてきているのである。

「堀田様にゃあ、頼まれて、ふたつみっつ、絵を描いたこともある」

絵師の多賀朝湖——後の英一蝶である。

「へえ」

「色んな評判のあったお方だが、俺らは可愛えがってもらった……」

顔をあげて、視線を向こうへ転ずれば、すでに、陽がだいぶ傾いている。

酒も無くなった。

「そろそろあがりますかい」

仁兵衛が声をかけてきた時——

「あ、あっ——」

朝湖が声をあげて、傍に置いてあった竿に飛びついた。

「き、きやがった」

見れば、竿先が大きく海に向かって曲がっている。

竿を両手に握って、合わせをくれた途端——

「や?」

朝湖が妙な顔つきをした。

竿は大きく曲がってはいるものの、魚特有の、竿先の動きがない。

おそろしく重い。

「兄さん、そいつは、根掛りじゃあねえのかい」

其角が、横から茶々を入れた。

「いや、違う」

真面目な顔で、朝湖は言った。

「何が違うんです?」

あった。

「寄ってくるんだ」

なるほど、朝湖の言う通りであった。

朝湖が竿を立てると、ゆっくり、ゆっくりと、海中から何かがあがってくるようであった。

「あ、あれ——」

其角が、糸が潜り込んでいるすぐ先の海面を指差した。

言われなくても、わかっている。

朝湖も、其角が指差すのと同じものを見ていた。

「竿だ」

朝湖が言った。

たしかに、竿であった。

海中から、ゆっくり海面に出てきたのは竿先であった。しかも、その竿が、びくびくと、大きく動いている。

「う、動いてます」

其角が言う。

「わかってらあ」

朝湖がうなずいている間にも、竿が水面から立ちあがってくる。

その竿が、撓って動いている。

海中から浮きあがりつつゆっくりと、舟に近づいてくるものが見えてきた。

「土左衛門だ」

朝湖が、顔を歪めて声をあげた時、海面からにょっきりと腕が出た。

右腕だ。

その右手が、竿を握っている。

水中に、土左衛門の白い髪の毛が揺れているのが見える。

うつ伏せの状態で、土左衛門が海中から浮きあがってきた。

ちょうど、鉤が、土左衛門が着ている小袖の右袖あたりに引っかかっているようであった。それで、最初に右腕が持ちあがって、竿先から海面に出現したものらしい。

それにしても、海面に突き出た腕ごと、竿がびくびくと動いているのが不気味である。

「ありゃあ、何か掛かってやがるぜ」

その竿を握っている右腕から舟に近づいてきた。

「其角、この竿を頼む」

朝湖は、握っていた竿を其角にあずけ、自分は空手(からて)になった。

「重い」

其角が竿を持って言った。

土左衛門が沈んで、竿を握った手が海面下にまた潜った。

「しっかり持ちあげておけ」

糸が、今にも切れそうに張っている。

竿も折れそうなほど曲がっていた。

「よし、届くぞ」

朝湖は、舟縁から右手を伸ばし、海面から出ている竿を摑んで引き寄せた。

「落ちねえようにしておくんなさいよ」

艫に立って、櫓(ろ)を操っている仁兵衛が声をかけてくる。

いつの間にか、仁兵衛は碇(いかり)をあげて、櫓を漕(こ)いでいたのである。土左衛門は、あげはじめた潮にのって流れている。舟を同じその潮にのせてやらないと、とっくに糸が切れるか竿が折れるかしていたところだ。

竿を取ろうとしたが、手がしっかり摑んでいて放さない。

皺(しわ)の浮いた手であった。

朝湖は、右手で土左衛門の竿を握り、左手で、土左衛門の竿を握っている手に触れた。

海水と同じ温度の手であった。

「この……」

朝湖は、竿を握った土左衛門の指を、一本一本、毟り取るように、竿から引きはがしはじめた。

親指。

人差し指。

中指。

薬指。

最後に小指をほどくまで、土左衛門は竿を放さなかった。

小指を引きはがすと、竿は、ふいに土左衛門の手から離れた。

土左衛門の身体が、ずいっ、と海中に沈んだ。

その拍子に、土左衛門を水中で釣りあげていた糸が、ふっつり切れていた。

「あっ」

と其角が声をあげた時には、竿先が天に向かって跳ね、糸が風の中を泳いだ。

自由になった土左衛門の身体が、海中でくるりと半回転した。

海中を覗き込んでいた朝湖は、海面のすぐ下の海中から自分を見あげている土左衛門と、顔を合わせてしまった。

それは、老人であった。

皺の浮いた顔。

白い髪。

七十歳から八十歳になるであろうか。

老人は、眼を開いたまま死んでいた。

老人は、唇を笑みのかたちに開き、その間から、何本かの黄色くなった歯を覗かせていた。

なんと、老人のその顔は笑っていたのである。

それを見た瞬間、朝湖は、

「わあっ」

と声をあげて、舟縁からのけぞるように身を離していた。

自由になった老人の屍体(したい)が、沈みながら潮にのってゆらりゆらりと舟から離れてゆく。

「追いやすか」

仁兵衛が訊いた。

「い、いい」

朝湖は、やっと言った。

「追うな」

「何だったんです」

其角が訊(たず)ねた。

其角は、糸が切れたのに気をとられ、屍体の顔を見そこねたらしい。

「じ、爺(じじ)いだよ」

「へえ」

「奴め、嗤ってやがった」

「嗤ってた？」

「そうだよ。爺いは、水ん中で嗤ってやがったんだよ」

朝湖の声は、震えていた。

そして、その時になって、ようやく朝湖は気がついた。

自分の右手が、一本の竿を握っていたことを。

ついさっきまで、土左衛門の老人が持っていた竿だ。

その竿先が、びくんびくんと、まだ動いている。

竿を握っている朝湖には、それが何を意味するものか、よくわかっていた。

「何か掛かってるぜ」

竿を立てて、掛かっている魚を舟へ寄せた。

其角が、手網で、その魚を掬（すく）いあげる。

「河鱠残魚（カワギス）だ」

カワギス——つまり、青ギスのことだ。

「みごとなもんだ」

「一尺二、三寸はありますね」

手網の中を覗き込みながら、其角が言った。

産卵時期は、鱠残魚（シロギス）よりもう少し後だが、その時は、海からかなり河をのぼってくる。

それで河鱠残魚の名がある。

シロギスよりは、背の色がもっと青みがかった黒っぽい色をしている。魚体はシロギスよりふたまわりは大きくなる。

それにしても常の河鱠残魚より、ひとまわり以上も大きい。

「どうします？」

其角が訊いた。

「逃がしてやろうよ。そいつあ、俺らが釣ったんじゃねえ。あの爺いが釣ったんだからな——」

「わかりました」

其角は、河鱠残魚の口から鉤をはずして、海へ放してやった。

海に入れられた河鱠残魚は、身体を横にして数度、鰓をふくらませたり縮めたりしていたが、すぐに力を回復させて、深みへ泳ぎ去っていった。

朝湖の右手に、屍体の握っていた竿が残った。

その竿を、しげしげと見つめていた朝湖であったが、

「こいつあ、上物だぜ」

誰にともなくつぶやいた。

確かに、朝湖の言う通りであった。

竿の長さ、二間半。

節が詰まっている。

派手な柄の袂で、竿をぬぐい、

「こいつは、野布袋竹の丸だな」

竿尻のあたりを眺めて、下から三、四寸のところを指差した。

そこに、小さな丸い穴が空いたのを、何かで塞いだような跡がある。

「丁寧に片ウキスになってらあ」

野布袋竹というのは、漢竹、呉竹とも呼ばれ、釣り竿とするのに、最も良いものとされている。

丸というのは、どこも継いでおらず、ひと竿全てがまるまる一本の竹でできているという意味だ。

朝湖は、あらためて竿を握り、軽く振ってみせた。

「野布袋と言やあ、昔っから重いもんと相場が決まってるが、こいつあみごとに軽い。うまく枯らしてある。しばらく、水ん中にあったってえのに、水をいくらも吸ってねえってことだ」

竿の先端の蛇口を見、

「素人細工だろうが、赤い絹糸を縒って、黒糸で巻きとめて、漆で固めてある」

溜め息をついた。

指で、ひとつずつ竿の節目を数えて、

「こいつあ、卜養先生も真っ青だ。ろくろくに、ひとつ多い」

また溜め息をつく。

朝湖が口にした〃卜養先生〃というのは、狂歌師で、幕府の典薬頭になったこともある半井卜養のことだ。

この当時、人々に知られていた名竿に、松平半左衛門が所有していたと言われる〃浦島〃がある。

節の数が三十六あったと言われている。

この頃は、一本の竿に、節の数が多ければ多いほど竿として上品とされていた。

筋のよい竿でも、

〃二十五節にたらざるは、節不足とて名竿とは云はざるなり〃

と言われ、節の数は名竿のひとつの基準であったのである。

松平半左衛門の〃浦島〃には、この節の数が三十六。

これを見た半井卜養が、歌を作った。

浦島がもちたる竿を呉竹の

のびず縮まず節はろくろく

この歌を、卜養が、自らの手で漆を使って件の竿に書きつけた。その竿に〝浦島〟の銘がつけられたのはそれからだ。

〝ろくろく〟というのは、掛け算の六六・三十六のことで、節の数のことだ。

その〝浦島〟よりも、節の数がひとつ多い三十七であると、朝湖は言っているのである。

「何か、そこに書いてありますぜ」

竿を握っている朝湖の手元を眺めていた其角が、何かに気づいたらしい。

朝湖がそこを見ると、竿尻に近い場所に、確かに何かの文字が漆で書かれている。

何度も握られたためか、漆が剝げかけているが、なんとか読めそうであった。

「狂だな……」

朝湖がそれを判読した。

たった一文字、〝狂〟。

他には、何か書かれてあったような跡は見当らない。

「どこの爺いだったんでしょうねえ――」

其角が、海を見やりながら言った。

もう、陽は、富士の向こうに沈んでいた。

薄墨を流したような夜の気配が、海の上に広がりかけている。

見れば、陸には、もう、ふたつ、みっつ、灯が点っているのが見える。

舟は、あげてゆく潮にのって、澪筋をゆるゆると陸に向かってのぼってゆく。

「ひとりで魚を釣ってる最中に、あやまって海に落ち、溺れ死んだんでしょう。退げ潮で沖へ運ばれ、どこかで沈んだまま動かなかったのが、上げ潮で動き出して、兄さんの鉤にひっかかったんでしょうね。流されてる最中も、竿を放さなかったのは、よほどあの竿に未練があったってえことだ。その竿に、河鯆残魚がかかった。死人が、海ん中で釣りをしたってえわけですね」

「いや、其角よ。そいつあ、ちょっと違うぜ――」

「何がです」

「あの爺さんが、海に落ちて溺れ死んだってえとこだよ」

「え？」

「俺らあな、何度か土左衛門が浜にあがったのを見ているが、そりゃあ、てえへんなもんだ。肉を蟹や魚に喰いちらかされて、口ん中や目ん中に、蟹が入り込んでる。腹で自然に脱げちまうのか、これがみんな素っ裸ときてる……」

溺死体は、一度、海底に沈む。

沈んでいる間に、腹の中に溜っていたものが腐り、ガスが発生して、それが腹を膨らせ、浮力がついて浮きあがる。

そういう屍体が、潮で運ばれて、陸に打ちあげられるのである。

「ありゃあ、まだ新しい。着ているものも脱げちゃあいなかった。死んだのはこの一日か半日のことだろう。ただ、溺れ死んだんじゃねえよ」

「どうして、そんなことがわかるんです」

「あの面だよ」

「面?」

「おめえは見なかったろうが、俺らはちゃんと見たぜ——」

「——」

「さっきも言ったがな、あの爺い、海ん中で嗤ってやがったんだ」

「聴きましたよ」

「溺れ死んだんならな、あんな顔はしねえよ——」

「しかし、死んだ顔が、嗤ってるも泣いてるもないんじゃありませんか。嗤ってたように見えるのは、たまたまで――」

「嗤ってたんだよ。確かにな」

朝湖は断言するように言った。

「陸でか、舟の上でかは知らねえ。あの爺いは、生きてるうちに、あの大え河鱠残魚を釣ったんだよ。だから嗤ってたんだ。そのやりとりをしている最中に、死んだんだ。心の臓が突然に止まったのか、卒中なのか、そりゃあ、俺らにもわからねえがよ」

「――――」

「死んでから、海に落ちて、沈んだんだよう……」

朝湖の声が、少し低くなった。

仁兵衛のやる櫓の軋る音だけが、静かに響いている。

あたりはまた少し暗くなって、陸に点る灯りも、四つ、五つと数が増えている。

「大え魚をかけて、悦んでいる最中に逝っちめえやがったんだ、あの爺い……」

朝湖の声が、さらに低く、小さくなった。

富士が、もう影になっている。

西本願寺の大屋根も、もう、切り絵のようだ。

沈黙の中に、舟を叩(たた)く波の音と、櫓の音だけが響いている。

「なあ、其角よう……」

朝湖が、人恋しそうな声で言った。

「何です」

「あれも、悪いくたばり方じゃあねえな……」

ぽつりと、朝湖は、小石のようにその言葉を吐き出した。

巻の一　沙魚(ハゼ)

一

陽は、すでに傾きかけていたが、それでもまだ空の高い場所にあった。
津軽采女(つがるうねめ)は、雑踏の中を、両国橋に向かって歩いている。
大川端(ばた)だ。
左に大川が流れ、その向こう——西岸に江戸の街並が見えている。
太陰暦の八月——
まだ残暑が残っている。
それでも、大川端に出ると、風が心地よい。
海風が川面(かわも)で冷やされ、ちょうどよい温度となって吹き寄せてくる。

人いきれの中で、首筋に薄っすらと張りついていた汗を、その風がさらってゆく。

深川八幡（はちまん）に参拝しての帰りであった。

深川八幡——正しくは富岡（とみおか）八幡宮である。

大川河口の東岸であったこの地は、もともとは葦（あし）の茂る潟であった。

そこを埋めたてて、人が住むようになり、集落をなしたのがこの地である。その鎮守社として建てられたのが、富岡八幡であった。

社伝によれば、六十年余り前、寛永（かんえい）元年（一六二四）に長盛法印という老僧が、霊夢によって葦原の中（うち）に白羽の矢を見つけ、その地に八幡宮を勧請（かんじょう）したのが始まりとされている。

この富岡八幡宮を、江戸の人間は土地の名をあてて深川八幡と呼んでいるのである。

この日は、ちょうど深川八幡の祭礼の日であった。

大小の御輿（みこし）が幾つも出て道を練りゆく。

この数年、毎年采女はこの頃に深川八幡に参拝しているが、祭の規模は年々大きくなってきている。

采女は、二年前、十七歳のおりに、父信敏（のぶとし）の死によって、津軽家を継ぐことになり、小普請組（こぶしんぐみ）に入っている。津軽家は、歴（れっき）とした旗本で石高は四千石である。それでも、小普請組という閑職であった。

「時期がようなってまいりました。おりをみて、沙魚釣りなど御案内申しあげましょう――」

声をかけてきたのは、屋敷から、采女につきそってきた兼松伴太夫である。

「おもしろいのか」

采女は、ゆるゆると歩を進めながら言った。

津軽采女は、この時十九歳である。

口元や眼元に、まだ少年の面影が残っている。

丈六尺に近い長身で、鼻筋が通っており、骨柄がいい。公家の血を引いていると言っても通りそうなほど、相に品がある。

その襟元から沈香が漂ってくるようであった。

采女は、この春、伴太夫に案内されて、鱚釣りに行った。

伴太夫は、采女が津軽家を継いだ二年前から、采女の傍に仕えるようになった人間である。

采女より、八歳年上の、二十七歳である。

この兼松伴太夫が、何がきっかけであったか、数年前から釣りに通うようになっていて、今年初めて、采女を釣りに誘ってきたのである。

父である信敏の話をしていた時、

「それなら、釣りがよろしゅうございますな――」

伴太夫がそう言ったのである。

「浮き世のことを忘れまするぞ」

「それほどおもしろいのか」

その時も、今言ったのと同様の言葉を口にした。

「はい、おもしろうございまするな」

伴太夫は、采女に従くようになってから、釣りに行くのも思うにまかせぬ日々が続いていた。

「どこがおもしろい」

「申せませぬ」

「言えぬのか」

「言葉にできぬということでございます」

「無理にでもよい。申してみよ」

「強いて言うなら、思うにまかせぬところ――でございましょうか」

「思うにまかせぬ？」

「性悪き女のようなものでござりますな」

「女？」

「そういう女に惚れたら最後、男は滅ぶるしか道はござりませぬ。しかし、それで滅ぶるも本望……」

伴太夫は、にいっと笑ってみせた。

それまで、伴太夫が見せたことのないような笑みであった。

采女をさぐるような、試すような、からかうような——

伴太夫の方が齢が上とはいえ、主に見せるような類の笑みではなかった。めったに素の表情を見せぬ伴太夫であったが、釣りの話になって、これまで閉じられていた扉が開き、うっかり素の顔を覗かせてしまった——そんな風に見えた。

これまで、伴太夫とは色々の話をした。武芸の話や歌の話、吉原の話もした。家中の女の噂話まで伴太夫とはしたが、ついぞ、あのような表情を見せたことはなかった。

采女が、釣りに誘われてみようと考えたのも、釣りそのものへの興味というよりも、伴太夫のその表情に対する興味と言っていい。

閑職の小普請組とはいえ、仮にも四千石の旗本の当主である。

おしのびであれ、釣りに行くのに、ひとりでゆくというわけにはいかない。

兼松伴太夫と佐々山十郎兵衛（ささやまじゅうろうべえ）、川名信安（かわなのぶやす）がついた。

場所は、鉄砲洲（てっぽうず）であった。

その鉄砲洲で、竿や、餌（エサ）の川蚯蚓（ミミズ）や、仕掛けを用意して待っていたのが、五十代の半ばと見える、岩崎長太夫（いわさきちょうだゆう）という人物であった。

そして、采女は初めて、釣り竿を手にしたのである。

それで、はまった。

深川八幡からの帰り道に、この大川端を選んだのも、川を見ることができるからである。

この場所は、川の水が流れているとはいえ、潮の満ち退（ひ）きに合わせ、海の水もあがってくる。

底の方は常に海水であり、両国橋のあたりでもまだ海からあがった潮が川底を這（は）っているのである。

「鱠残魚よりも、魚信（アタリ）は小そうござりますが、釣り味はまた別ものでござります。魚としては小ぶりながら、なかなか心憎い引きがあって、おもしろうござりますな」

「どうやって釣るのだ」

「鰌残魚と同じでござります。餌を底に落として、二寸、三寸刻みに止めながら引いてくる。この引く時と止める時の間は、そのおりおりの呼吸でござります」

伴太夫は、右手で竿を握る仕種をして、その見えぬ竿を、くいっ、くいっ、と操ってみせる。

「ぷるぷると手元に魚信が届いたら、鰌残魚よりは、やや早めくらいのつもりでこう合わせると、ほれ――」

伴太夫は、右手で合わせを入れて、見えぬ竿を宙に立てる。

「――このように釣れてしまうというわけで……」

伴太夫は、前方の川の中ほどを右手に握った見えぬ竿で示し、

「鰌残魚よりは、ずっと川の上までのぼるのが沙魚で、ほれ、あそこの中州のあたりも、沙魚にはよい場所でござります」

そう言った。

采女と伴太夫が歩いているのは、両国橋の下流である。

流れてきた大川の水が、新堀方面と、霊岸島方面に分かれる三股の地帯であり、そのすぐ上流部に、水によって運ばれてきた土砂が溜まって、浅瀬になっているところ

がある。潮が引ききった時には、その一部が水面から顔を出す。

その浅瀬が中州である。

大川に流れ込んでいる小名木川に架かった万年橋を渡って、ちょうど中州の前あたりにさしかかった時、采女と伴太夫はその人混みに気がついた。

大川の川岸を中心にして、人だかりがしているのである。

そして、三味線の音——

「何でしょう」

伴太夫が言った時、人だかりの向こう、その頭越しに見えたものがあった。

「竿だ」

それは、上に立てられた何本もの竿であった。

二

七人の男が、並んで、大川の中州に向かって竿を出していた。

立っている者もいれば、片膝を立てて座している者もいる。

それぞれ一間ほどの距離をおいて並んでおり、いずれもその傍に水を張った手桶が置かれている。

ただ、七人が釣りをしているというだけにしては、それぞれがきちんと同じ距離で並びすぎている。釣り見物にしては、それを囲んでいる人の数も多すぎる。

それに、何やら尋常でない気配が、その七人の背から立ち昇っている。

さらに言うなら、七人並んだ釣り師の一番左側に、ひとつの大太鼓がすえてあり、その横にひとりの男が、こちらに背を向けて立っている。

その男の前に、台があり、その上に備前焼の鉢がひとつ載せられていて、砂が入っていた。その砂に、一本の線香が立てられていて、細い糸のような煙をたちのぼらせていた。

その男と太鼓のさらに横に、赤い、大きな開いた傘が、一本、二本、三本立てられていて、その下に赤い毛氈が敷かれている。

そこに、何人もの男や女たちが座して酒宴を開いているのである。

六十歳前後と思える、白髪の老人。

その老人の横に、小男がちんまりと座していた。絹らしい羽織を小袖の上に着ているのだが、その羽織の色が、場違いなほどに青い。見ればその羽織の肩から背にかけて、二尾の魚の絵が描かれている。どうやら、羽織の青は、水という趣向らしい。

その水の中で、魚がそれぞれ、左右の鰭で三味線を弾き、笛を吹いている。

魚は、沙魚であった。

沙魚の目だまがことさら大きく剽軽に描かれている。

さらに、頭に角頭巾を冠った俳諧師と見える男がふたり。

そして、もうひとり、派手な小袖を着た男がいる。

その小袖の黄色の地に、赤い紅葉の葉が、大小ところかまわず散らばっている。

しかも、その男は、右耳に近い髪の中に、なんと、赤い珊瑚珠のついた玉簪を挿していた。

初めて見る顔であるのに、采女は、その男をどこかで見たことがあるような気がした。いや、顔というよりは、その着ている色づかいの方に覚えがある。

いつであったか――

あの時だ。

春に、ちょうどこの伴太夫に連れられて鉄砲洲へ春鱠残魚釣りに行った時、沖あいに屋根舟が一艘停まって、ふたりの男が竿を出していた。顔が判別できるような距離ではなかったが、そのふたりのうちの一方が、確か、このような派手な色の小袖を着ていたのではなかったか。もとより同じ小袖ではないが、その色目や派手さの具合が似ているのである。

吉原から連れてきたのか、三人の太鼓女郎が、その奇妙な男たちの宴の相手をしている。

三味線を弾いているのは、太鼓女郎たちのひとりである。

近くの小料理屋から運ばせたのか、料理と酒はふんだんにある。

酒器も、料理を入れてある箱も、漆塗りに蒔絵のほどこされた贅沢なものであった。

見ていると、釣っている男たちの手が次々にあがり、竿が立つ。

水中から釣りあげられているのは、沙魚であった。釣りあげられた沙魚は、釣り人たちの足元の桶の中に放り込まれ、すぐにまた餌がつけられて、仕掛けが水中に投じられる。

「またあげた」

「これで、六十二尾目だ」

見物人たちの中から、声があがっている。

そのうちに、
どん、
と、太鼓が打ち鳴らされた。

「あげ」

太鼓を叩いた男が声をかけると、竿を出していた男たちは竿をあげて、傍の桶を持って、それぞれ右へ移動し、それまで自分の右隣りの人間が釣っていた場所に桶を置いた。

一番右端に陣どっていた男は、桶を持って、それまで一番左端にいた釣り人が竿を出していた場所まで動いた。

見れば、太鼓を叩いた男が、備前焼の鉢の中に、すでに火を移された一尺ほどの長さの線香を一本立てている。

立てられた線香の先からまた、細い煙がなびきはじめた。

どうやら、釣り人たちは、線香が一本燃え尽きるたびに、太鼓の音を合図に場所を移動しているらしい。

どん、

とまた太鼓が鳴らされ、

「始め」

声がかかる。

また、餌が投じられ、沙魚が釣りあげられる。

その釣りあげられた魚を数えている人間が何人かいて、沙魚が釣りあげられるたびに、

「松本様、六十三尾っ」

「嶋田様、六十一尾っ」

高い声をあげる。

「何でしょう」

伴太夫が、采女に問うたが、もちろん、采女にわかるはずもない。

伴太夫の声が聴こえたのか、

「鉤勝負だよ」

横にいた見物人のひとりが、そう言った。

鉤勝負？

そう言われても、何のことかわからない。

「あれを見たらいい」

声をかけてきた見物人が、横手へ顎をしゃくってみせた。

そこに、高札があった。

まだ墨の匂いの残る文字で、

鉤勝負
壺屋次郎兵衛流　箱鉤
鉄砲洲漁師　長兵衛流鉤　異名ヤタラ鉤
嶋田一元翁流　一元鉤
高木善宗流　キス鉤
松本理兵衛流　天狗鉤
佐藤永無流　キス鉤
板尾丹兵衛流　キス鉤

とある。

采女がそれを読んでいると、

「兼松さま――」

伴太夫に声をかけてきた人物がいた。

その声に聴き覚えがあって、采女はそちらへ顔を向けた。

そこに、知った顔があった。

この春、鉄砲洲で世話をやいてくれた岩崎長太夫であった。

伴太夫と眼を合わせていた長太夫は、すぐに采女に気づき、

「これはこれは――」

両手を膝にあて、ていねいに頭を下げてきた。

「いや、長太夫殿、御挨拶(ごあいさつ)はいりませぬ――」

伴太夫が、長太夫の言葉を遮るようにして眼で合図をした。

二本差してはいるが、采女のいでたちは、四千石の旗本のものではない。ことさらにというほどではないが、身分が知れぬようにして、屋敷を出てきているのである。

見物人の視線が、集まりはじめていた。

というのも、長太夫が、この〝鉤勝負〟の主催者側の人間だったからである。つい今まで、太鼓の横に立っていたのが、この長太夫であった。

「こいつあ、何です?」

伴太夫は、長太夫に訊ねた。

長太夫は、すぐに事情を察して、

「お久しゅうござります」

采女に無難な挨拶をした。

「これはいったい、何事でござる？」

伴太夫が重ねて訊いた。

「御覧の通りで――」

長太夫が苦笑した。

「誰が一番釣るか、その勝負をしているということか――」

「左様でございますが、少し違うところもございます」

「というと？」

「釣技もさることながら、今度、くらべているのは、鉤でございます」

「鉤？」

「竿の長さも、糸の長さも、餌も同じ。違うのは鉤と釣り人だけ……」

長太夫は、頭を掻き、

「実は、今度のことは、あちらにいらっしゃる紀伊国屋様が思いつかれまして――」

沙魚の描かれた羽織を着た小男を、視線で示した。

「あれが、紀伊国屋か――」

伴太夫も、采女も、もちろんその名は知っている。

本八丁堀に住む、紀伊国屋文左衛門——幕府御用達の材木問屋の主だ。

本当か嘘か、毎晩、ふとん代りに、小判の中に潜って眠っていると言われ、大名貸もしているとの噂もある。

一代で巨万の財をなした。

「あちらにいらっしゃるのが、発句の松尾芭蕉様、そのお弟子の宝井其角様、絵師の多賀朝湖様——」

長太夫が、毛氈の上に座した人間たちの名を、伴太夫と采女に伝えてゆく。

いずれも、名前は知っている。

あの、珊瑚の簪をした男が、多賀朝湖か——

「そして、あちらにいらっしゃるのが、ふみの屋様で——」

長太夫は、白髪の老人を視線で示してそう言った。

「ふみの屋……？」

「紀伊国屋様のお知りあいだそうで、わたくしもくわしくは存じませぬ」

長太夫は言った。

それにしても——

松尾芭蕉は、深川の、このすぐ近くにある芭蕉庵を仮の宿として住んでいる。

其角は芭蕉の弟子であり、多賀朝湖はその其角の俳諧の弟子である。

この場にその顔があって不思議はない人間たちだ。

だが、それが、この沙魚釣りとどう繋(つな)がってくるのか。

「朝湖様と其角様にそそのかされて、紀伊国屋様が、急に釣りをしたいとおっしゃられまして、わたしのところへいらっしゃったのでござります――」

「ほう」

「で、釣りをする前に、お道具を揃(そろ)えたいとおっしゃるのでござります」

「うむ」

「其角様や朝湖さまが懇意にされているのは伍大力仁兵衛(ごだいりきのじんべえ)殿――あちらを通じてお道具を揃えればよいところなのでござりますが、それではつまらぬと――」

それでは、あのふたりを兄弟子と呼ばねばならなくなってしまうではないか――

紀伊国屋はそう言ったというのである。

「竿などのお道具は、別に心あたりがあって、立派なものをこしらえるだんどりになっていらっしゃるらしいのですが――」

〝鉤がわからぬ――〟

と、紀伊国屋が言ったというのである。

〝どのような鈎がよいか――〟

「鈎ならば、岩崎鈎がありましょう――」

伴太夫は、不思議そうな顔をした。

岩崎長太夫は、伍大力仁兵衛に続いて、鉄砲洲での春鱠残魚釣りを始めた人間である。自身が考案した、袖が小さく、顎の角度が急な岩崎長太夫流岩崎鈎もある。

伴太夫が、使い、そして采女が使用しているのが、この岩崎鈎である。

「申しあげました」

長太夫は言った。

「鈎ならば、いささか自分で工夫したものもございます、と――」

しかし、長太夫はさらに付け加えた。

「さりながら、この鈎、わたくしのものだけでなく、他にも無数に流儀がございます。袖型、丸型――そのかたちのみならず、大小、長さ、合わせたら数えられぬほどにござります。鈎には、それぞれの工夫でそのかたちを作った者たちがおり、その数、三十に余ります。いずれも、それぞれに一家言（いっかげん）あって、それをひと口にどれがよいかなどということは、軽々に言えるものではございませぬ――」

長太夫の言葉に、

「もっともじゃ」

いったんうなずいてから、

「しかし、おもしろそうな話じゃ」

紀伊国屋は、猫が笑うのなら、そうするが如くに眼を細めた。

「長太夫、その自分の流儀の鉤を使っている者たちを集められぬか――」

「は？」

「その者たちを集め、その流儀の鉤を使ってそれぞれ魚を釣らせ、誰の鉤が一番かを鉤争べさせて決めるのさ。どうじゃ、魚は何がよい。勝った者には、この紀伊国屋が百両出そうではないか。この紀伊国屋が使う鉤は、それにしよう」

それが、ちょうどひと月ほど前のことであったのだという。

日を、深川八幡の祭の日と定め、羽織も作らせた。

多賀朝湖がおもしろがって、その羽織に沙魚の絵を描いた。

長太夫は、自身がこの鉤争べに出るのはやめた。

「自分で声をかけておいて、あたしが勝ってしまうんじゃ、しゃれになりません。どうせ、勝てるとは思っちゃいませんが、負けたら負けたで、こちらとしたらくやしい。それで、太鼓を叩くのだったらやりましょうと――」

長太夫は、次々と沙魚をあげている釣り師たちを眺め、

「やめてよかった。あたしだったら、この半分もいきやしません」

笑った。

「百両か――」

江戸で、長屋住まいの親子三人、四人が、三年は暮らすことができる。

見れば、紀伊国屋の前に、三方（さんぼう）が置かれ、その上にかけられた赤い布の中心が盛りあがっている。その盛りあがりの下にあるのが、百両らしい。

最初の場所は、籤（くじ）で決めた。

一尺の線香が燃え尽きる毎（ごと）に場所をかえ、十四本――つまり二順したところで、太鼓を打ち鳴らして、釣りはおしまいとなり、桶の中に入っていた沙魚の数を数え、一番多かった者の勝ちとなる。

ねらうのは沙魚だ。鱠残魚などの外道（げどう）は数に入れない。

そういうとり決めがあらかじめなされている。

見ていると、誰かが外道を釣りあげて、それを大川へ投げて返す光景が、時おり見られる。

釣り師たちの背から、鬼気の如きものが立ち昇っているのも、百両という金額を聞

けばうなずける。

話をしているうちに、また、線香が短くなってきた。

「おっと、また、太鼓の方にもどらねばなりません」

長太夫は、軽く左足を引き摺りながら、太鼓の方にもどっていった。

また、太鼓が打ち鳴らされて、七人が釣り場を代わった。

次の太鼓で、また、七人が一斉に仕掛けを川に投じた。

「茶番だな……」

その時、誰かがぼそりと低く囁く声が、采女の耳に、小石のように放り込まれてきた。

「くだらん……」

同じ声が、また囁く。

その声の方に、ちらりと視線を向けた采女は、

〝あっ〟

と、心の中で驚きの声をあげていた。

——あの男だ。

あの男——今年、初めて鉄砲洲へ春鱠残魚を釣りに行った時に、自分の横で竿を出

していた男だ。

そのおりのことを、采女は思い出していた。

三

はじめは、本当によく釣れていたのだ。

竿を出す度に、ほどよく魚信があって、何度かは合わせられずにばらしはしたものの、ほぼ竿をあげるたびに、鯔残魚が鉤に掛かってきた。

はじめのうちこそ、長太夫が鉤に餌をつけ、魚が掛かればそれをはずして、海につけた魚籠（びく）の中に入れてくれていたのだが、

「よい、自分でできる」

餌つけも、釣った魚を魚籠に入れることも、自分でするようにした。

それを人にまかせ、自分はただ竿のあげさげをしているだけというのは、子供あつかいされているようで、自分の心情としてそれに馴染（なじ）めなかったのである。

餌つけも、魚の取りあつかいも、それほど難しいことではない。

「もそっと沖へ」

「引いて、餌を底につけたまま、もう少しこちらへ――」

竿を操作するたびに、声をかけられるのもいやだった。

釣れても、自分で釣ったような気がしなかった。

釣り方がわかり、餌のつけ方がわかり、ひと通りのことがわかったら、その後は自分でやればいい。上手と下手で、釣果（ちょうか）に差が出るのは仕方がない。それよりも、自分の考えで、思った所に餌を振り込み、思ったように合わせ、思うようにあげる。数は釣れなくとも、自分で釣ったという充実感はその方がある。

鉄砲洲では、陸（おか）釣りである。舟は使わない。

「なかなか筋がようござる――」

左横で竿を出していた伴太夫が声をかけてきた。

伴太夫の笑みがまたいい。

含むものがない。

あけっぴろげだ。

屋敷内では見せたことない笑みである。

父の信敏が死んでから、初めて味わう解放感があった。

十七歳で家督を継ぎ、この二年間、四千石の重圧をこの両肩で支えてきた。

あの釣りをしていた時は、その重さも嘘のように頭から離れていた。

死ぬ何日前であったか。

床の中から、

「釣りはまだであったな……」

信敏がふいに采女にそう言ってきたことがあった。

確かに、父の信敏とは、釣りに行ったことがなかった。父だけではない。誰とも釣りに行ったことなどなかった。

「怠るな。常に励め――」

それが、信敏の口癖であった。

子供の頃から、采女は、諸芸を叩き込まれた。

歌道、兵法、剣術、槍術、弓馬、あらゆるものに、それぞれ師がついた。

津軽弘前藩四万七千石の支家、黒石四千石第二代当主津軽信敏の嫡男として、采女は江戸に生まれた。

幼名は万吉。

母は、宗家弘前藩主津軽土佐守信義の末娘美与。

祖父の黒石初代の信英は、文武両道に秀でた名君であった。加えて、母方の実家である弘前藩は、諸芸に優れた師を、全国から捜して召し抱えた。

儒学、国学、算学、歌道、天文学、農学、俳諧、槍術、剣術、砲術、書、画、弓術、漆工（しっこう）、茶道、相撲（すもう）、演劇、音曲など、数百人に及ぶその道の達人、名人が弘前藩にはいたのである。

そういう時代の気分と勢いを、そのまま采女は受けて育ったのである。

「おれはしくじったが、おまえはしくじるなよ」

信敏は、おりがあれば、采女に言い続けてきた。

信敏は、何をしくじったのかは、采女には言わなかった。

それが、四千石の旗本でありながら、小普請組という閑職に甘んじなければならない原因となったもののことであろうとは、采女にも薄々は想像がついた。

「はい」

信敏に期待されることが、そのまま采女の励みとなっていたのである。

その信敏が、三十六歳という若さで他界した。

なんとも、あっけない死であった。めったに遊ぶこともなかった父であった。

その信敏が、

「病が癒（い）えれば、一度、釣りにゆこう」

采女にそう言ったのである。

それが、采女の、信敏との最後の会話となった。

思えば、伴太夫が釣りにゆこうと声をかけてきたのは、父信敏のことを話題にしていた時ではなかったか――

青い水の面を眺めながら、采女は、心の中を動いてゆく様々なもののことを考えていた。

いや、考えるというほど、はっきりした心の働きがあるわけではない。ただ、心が思い出すことを思い出すままに眺めているというのに近い。

釣っていると、魚が掛かるために、その最中はひとつのことを集中的に考えることができない。心が勝手に考えることを考えることができるだけだ。

自分が、水面に映る自身の心を、ただ眺めるだけの存在になってしまったような気がする。その水面に映るもののことを、考えたり、嘆いたり、どうにかしようと思ったりするわけではない。

ただ眺めている。

その心のありようもまた、不思議であった。

そのうちに、竿が、あがらなくなった。

水の動きが、止まって、魚信が遠のいてしまったのである。

横を見れば、伴太夫も、佐々山十郎兵衛も、川名信安も、魚信がないらしい。

鉄砲洲に入っている釣客は、誰もが似たような状態であった。

たまに、ぽつりと釣りあげたりはするものの、これまでのことを思うとまったく嘘のように釣れなくなった。

「こういうものでござりますよ」

伴太夫は、似たようなことを何度も経験しているらしく、あきらめた口調で言った。

「いずれ、また潮が動き出すまでの辛抱でござりますな」

しかし、例外があった。

采女の右手側に、後から入ってきたひとりの男だけが、ぽつり、ぽつりと、魚を釣りあげているのである。さすがに、最初に釣っていた時より数は少ないものの、誰も釣れていない中で、その男の竿だけが立ち、鱠残魚が水中から釣りあげられてくるのである。

采女にしてみれば、信じられない光景であった。

沖に停まっている屋根舟の連中でさえ、しばらく前から竿が曲がってないのがわかる。

それなのに、隣りの男だけが、ただひとり、鯔残魚を釣りあげてゆくのである。

だんだんと、見ているうちに、くやしくなってきた。

自分が釣れないのに、すぐ隣りにいるこの男だけ、どうして釣ることができるのか。

何が違うのか。

餌か。

しかし、横目で、そっと餌をつけるのを盗み見てみたが、使っているのは同じ川蚯蚓（ミミズ）のようである。

三十代の半ばを、どれほど過ぎているだろうか。

顔に、表情がない。

餌をつける時も、竿を出す時も、釣りあげた時も、同じ表情だ。表情を変えずに、むっつりとした顔で、淡々と男は魚を釣りあげてゆく。

「よく釣れますね」

采女は声をかけた。

男は、

「ああ」

と、短く答えただけである。

「何か、コツでもあるのですか」

「ある」

男の答えは短かった。

〝そのコツとは何なのか？〟

それを問えるような雰囲気ではなかった。

「ここらへんで、竿をたたみましょうか」

長太夫の声で、竿をあげ、まだ潮が動きはじめる前に、采女たちは鉄砲洲を後にしたのである。

長太夫も一緒に帰途についた。

帰り道に、

「あのお方は？」

采女は長太夫に訊ねた。

「阿久沢様とおっしゃる方でございます――」

長太夫は言った。

「どういう方なのですか」

「時おり、この鉄砲洲にも竿を出しにいらっしゃいますが、どこのどういうお方であるかということまでは存じあげません。ただ、たいへんにお上手な方です。鉤も、御自分の御流儀のものを使っていらっしゃるはずです」

それきり、采女は、その男の顔を鉄砲洲で見ることはなかった。

あれから、何度か采女は鉄砲洲に出かけて竿を出し、あの男が竿を出していたあたりに陣どって、潮が止まった時、阿久沢という男が投げ込んでいたあたりに餌を入れてみたが、やはり阿久沢のようには釣れなかったのである。

四

——あの時の男だ。

間違いなかった。

阿久沢だ。

今しがた耳にした声も、そう言えばあの時の阿久沢の声にそっくりである。

表情のない顔——

何の用事があって、どうして阿久沢がここにいるのか。

たまたま阿久沢は、ここを通りかかり、見物することにしたのか。それとも、この

〝鉤勝負〟のことを始めから知っていて、ここへやってきたのか。

それが気になったが、阿久沢の顔を横からじろじろと眺めるわけにもいかない。

「どういたしましょう」

横から、伴太夫が声をかけてきた。

「しばらく見物してゆきましょうか」

どうやら、春に一緒に釣りに行った佐々山十郎兵衛、川名信安のふたりも、見物してゆく気になっているらしい。

「そうしよう」

采女がこたえた時――

「松本様、百尾っ！」

ひときわ大きな声が響いた。

見物人たちの間から、讃嘆の声があがった。

どうやら、天狗鉤を使う松本理兵衛という男が、最初に百尾の大台にのせたらしい。

見物人たちの中にも、それぞれ贔屓の釣り師ができているらしく、その釣り師の竿が立つたびに、応援している見物人たちの間から声があがる。

竿が立つわりには、竿先が曲がらないのが、佐藤永無である。魚信はあるらしいが、合わせがまずいのか、鉤が悪いのか、魚が鉤にのらないことがあるのだ。

誰の場合でも、たまには合わせそこねもあれば、鉤掛かりした後でばれてしまうこともある。しかし、佐藤永無の場合は、それが他の者より多いのである。

かわりに、竿を立てれば、ほぼ確実に魚を掛けているのが、板尾丹兵衛であった。

七者七様――

それぞれに、掛けた時の動作も違えば、魚の誘い方も違う。釣りあげた時や、掛けそこねた時の反応も様々だ。

「こうして見てみると、ただ沙魚釣りと言っても、色々の機微があるものだな――」

采女は、伴太夫に言った。

その後あの阿久沢が、いったいどのような顔でこれを眺めているのかが気になって、采女は、さきほど阿久沢のいた場所へ視線を向けた。

しかし、阿久沢は、もう、その場所にいなかった。

どこへ行ったのか。

采女は、視線を動かして阿久沢を捜したが、その姿が見えない。

「何か？」

采女が、誰かを捜していると思ったのか、伴太夫が声をかけてきた。

「いや、何でもない」

采女は、阿久沢を捜すのをやめており、また、視線を釣り師たちにもどした。

「松本様、百七尾っ」

また声があがった。

松本理兵衛が、常に先行して、数を稼いでいる。

見ていれば、七人が七人とも、動きが手慣れており、無駄が少ない。

しっかり数えていないと、誰が一番釣っているのかわからぬくらいに竿が立ち、竿先が曲がって、釣り人の手元に沙魚が飛び込んでくる。

やがて——

「それまで」

長太夫の声があがり、太鼓がどんどんどんどんと連打された。

「竿あげい」

その声とともに、竿があげられた。

七人全員があげてくる竿に、全て沙魚が掛かっていた。

申しあわせたかのようであったが、もちろん申しあわせてできることではない。

あらためて、桶の中の沙魚が一尾ずつ数えられた。

「松本様、百二十一尾」

見とどけ人として、数を数えていた男が、一番になった松本理兵衛の名と、釣った沙魚の数を叫んだ。

「松本様あ」

長太夫が、声をあげて、また太鼓を連打する。

見物人たちの間から、喝采の声があがった。

一番　松本理兵衛　百二十一尾
二番　嶋田一元翁　百十七尾
三番　高木善宗　百十四尾
四番　鉄砲洲漁師　長兵衛　百十一尾
五番　壺屋次郎兵衛　百八尾
六番　佐藤永無　百七尾
七番　板尾丹兵衛　百五尾

いずれも百尾を越えており、それぞれに差はあるもののみごとな釣果（ちょうか）であった。

「いや、御苦労様にございます。いずれの皆様も、まずは、これへ――」

長太夫が、釣り師たちに声をかけ、酒や肴が用意されている毛氈の方へうながした。

見物人たちの間から、怒気を含んだ声があがったのは、その時であった。

「何だってえ」

高い声であった。

采女の後方からであった。

「もう一度、言ってもらえやせんか」

同じ声が言った。

その場にいた多くの者に届く声であった。

采女は、後方を振り返った。

――あの男だ。

采女には、すぐにわかった。

阿久沢が、ひとりの男につめ寄られているのである。

着流しの両袖を、暑さしのぎか、肩までまくりあげている三十ばかりと見える男が、さっき姿を見失ったあの阿久沢という男に、詰め寄っているところであった。

剝き出しになった男の両の二の腕まで、彫り物が入っているのが見えた。

「どうした、長吉」

声をかけて、歩み寄ってきたのは、〝鉤勝負〟で百二十一尾を釣り、一番になった松本理兵衛である。

「あ、旦那――」

長吉と呼ばれたその男が、松本理兵衛にそう声をかけたところをみると、ふたりは知り合いらしい。

松本理兵衛の〝鉤勝負〟応援に、知り合いである長吉が、ここまで足を運んで見物をしていたというところであろう。

それが、どうして、あの阿久沢と問題を起こしたのか。

「いえね、こちらの旦那が、この〝鉤勝負〟で旦那が一番になったことについて、ケチをつけていらっしゃるんでさ」

「ケチを？」

理兵衛が、阿久沢を見やった。

「ケチなどつけてはおらん」

阿久沢は言った。

「こんな勝負で何がわかる――そうおっしゃったのを、この耳で確かにうかがわせていただきやした」

「確かに言った」

「でしょう」

「独り言だ。誰かに向かって言ったのではない」

阿久沢は、不機嫌そうに言った。

その時——

「阿久沢様——」

声をかけてきたのは、騒ぎに気づいてやってきた、長太夫であった。

「何ごとでござりますか」

長太夫にも、ふたりのやりとりは届いている。

何が起こったのかは、もうわかっている。

それを承知で問うたのは、ふたりのやりとりに間(ま)を作って、空気を冷(さ)ますためである。

「知りあいか。長太夫？」

理兵衛が訊いた。

「はい」

　長太夫がうなずいた。

　長太夫が、理兵衛に向かって紹介するのを待たずに、

「阿久沢弥太夫じゃ」

　阿久沢は、自ら名のっていた。

「松本理兵衛じゃ」

　理兵衛が名のる。

「こちらは、阿久沢様とおっしゃいまして、鉄砲洲でも、時々竿をお出しになっていらっしゃる方でござります」

「釣りをやられるのか――」

　理兵衛が阿久沢弥太夫に問う。

　松本理兵衛も、阿久沢弥太夫とあまり歳が変わらぬように見える。いずれも、三十代の半ばくらいかと思われた。

「多少じゃ」

　阿久沢弥太夫が答える。

「阿久沢様は、鉤も御自分で工夫されたものを使っておいでです」

「鉤を?」

「はい。今度の〝鉤勝負〟にも、実は声をかけさせていただいたのですが、残念ながらお出になってはいただけませんでした――」

「断ったのか？」

理兵衛が、阿久沢に訊ねた。

「ああ」

「何故じゃ」

「言う必要はない」

「何？」

理兵衛の声が堅くなった。

「聴きたい」

「言わぬ」

弥太夫もかたくなであった。

「常の時なら、大きなお世話だが、今は違う。今の〝鉤勝負〟について、おぬしに〝こんな勝負で何がわかる〟と言われたばかりじゃ。聴かせてもらいたい」

「今言うた通りのことだ」

「何じゃ」

「今の勝負で、どの鉤が優れているかなどわかるわけはないということじゃ」

「ほう」

「今の勝負でわかったのは、松本理兵衛殿が他の御方よりも釣技に優れているということだけじゃ。鉤の良し悪しではない」

きっぱりとした口調で、弥太夫は言った。

理兵衛の釣技が一番優れている——誉めたのかどうかはともかく、弥太夫にそう言われて、理兵衛は言葉に詰まった。

「む……」

理兵衛は、喉元で、言おうとしていた言葉を止めた。

その間を捕えて、

「失礼つかまつる」

弥太夫が、頭を下げて、歩み去ろうとした。

その背へ、

「待て」

松本理兵衛が声をかけた。

阿久沢弥太夫が、足を止めて振り返った。

「松本様――」

心配した長太夫が、理兵衛に声をかけた。

理兵衛は、寄ってきた長太夫を押しのけるようにして、

「阿久沢殿と言われたか。長太夫の話では、そこそこにはたしなまれるそうじゃな」

「そこそこじゃ。たいした腕ではない」

「なんの、長太夫がこの〝鉤勝負〟に声をかけたのじゃ。多少は腕に覚えはあるのであろう」

「――」

「おれも、こうなっては後へは退(ひ)けぬ。おれと対(さし)で勝負をせぬか」

「声をかけられたのでな。断りはしたが、どのようなことになっているのか気になって足を運んだのだが。しかし、この場へ来たのが間違いであった。許されよ」

頭を下げ、またたち去ろうとしかけた阿久沢弥太夫へ、

「逃げるか」

理兵衛が声をかける。

阿久沢弥太夫が、むっとした顔をあげて、足を止めた。

「独り言であろうと何であろうと、男が一度は口にした言葉じゃ。いったん吐いた唾(つば)

は呑み込めぬぞ。言い逃げは卑怯ではないか」

「逃げはせぬ」

阿久沢弥太夫が言った時——

「いや、許されよ、許されよ」

そう言いながら、そこへ割って入ってきたのは、沙魚の絵の描かれた、派手な羽織を着た紀伊国屋文左衛門であった。

「生まれてはじめて、男の懐中へ手を入れて見れば、アノきょうかくのもっと下に、気海から丹田、その下がいんばく、そのいんばくの下に、何やら和らかな沙魚のようなものが二ツ下がって、やや、これは極楽浄土ならぬいばりん棒が、そっくり返ってござる——」

紀伊国屋文左衛門が、歌うような調子で言った。

昨年、中村座で大当りをとった芝居『門松四天王』の団十郎の台詞であった。

鳴神上人が、雲の絶間姫の懐へ手を差し入れて、だんだんとその手を下へ這わせてゆく場面——そこの台詞を少し変えて、団十郎の声いろでやったのである。

理兵衛と弥太夫の表情が、さらに堅くなった。

ふたりとも、文左衛門が、芝居の台詞を口にしながら仲裁に入ってきたとはわかったらしいが、その芝居が何であるのか見当がつかない様子であった。

文左衛門、笑みを浮かべたまま、

「この〝鉤勝負〟、もとはと言えば、このわたくしが、座興で始めたこと。松本様、阿久沢様、気に入らぬことの全ては、この紀伊国屋のせいでござります。どちら様も、この場はこれで納めてくださりませ――」

頭を下げた。

「紀伊国屋殿、こうなれば、わしも退がれぬ。野暮は承知じゃ」

理兵衛が言った。

「松本様――」

長太夫は、理兵衛をなだめようとしていたが、理兵衛もかたくなになっている。

困りきった様子で、長太夫は、さっきから毛氈の上で酒を飲んでいる白髪の老人に、救いを求めるような視線を送った。

しかし、老人は、笑みを浮かべるばかりで、どういう反応も示さない。

「しかたがありませぬなあ」

紀伊国屋が、どこか間のびのした声で言った。

「この場は、この紀伊国屋が何としてもおさめまする故、阿久沢様、ここはお逃げ下され――」

「逃げたりはせぬ」

弥太夫が言った。

「逃げぬ？」

紀伊国屋が、問うように弥太夫を見た。

「なれば、理兵衛様のお申し出をお受けになるわけでございまするか――」

紀伊国屋は、弥太夫に問うて、そのまま間をあけずに、

「阿久沢様、お受けにならるるそうじゃ」

四方に聴こえるように声を高くして言った。

「試し釣りじゃ。これから、阿久沢様が試し釣りをなさるぞ――」

紀伊国屋は、あえて勝負という言い方を避けている。

見物人たちの間から、喜びの声があがった。

しかし、なお弥太夫は、無言であった。

唇を堅く結び、ただ、そこに立っている。

「よろしいのでございますか、阿久沢様……」

心配になった長太夫が、弥太夫に声をかけてきた。

「かまわぬ」

覚悟を決めたように、弥太夫はうなずいた。

まだ帰らずになりゆきを見守っていた見物人たちが、どよめいた。

「誰かから、竿を借りてもらえぬか」

その言葉を受けて、長太夫が、

「どなたか、竿をお貸し下さりませぬか――」

先ほどまで、竿を出していた男たちに声をかけた。

「わしのでよければ――」

「これでよいか」

六人の男たちが、竿を貸すという。

「では、板尾丹兵衛殿の竿を――」

弥太夫が言うと、また、見物人たちの間から、どよめきの声があがった。

先ほどの〝鉤勝負〟においては、松本理兵衛が百二十一尾で一番、板尾丹兵衛が百五尾で七番であったからである。

竿を借りるということは、その竿に付いている仕掛けごと借りるということである。

板尾丹兵衛の竿と、松本理兵衛の竿とは、釣果で十六尾分の差があることになる。

「お試し釣りじゃ。よいか、これは、お試し釣りじゃ……」

紀伊国屋文左衛門が、〝お試し釣り〟という言葉を繰り返している。

これは、勝負ではなく〝お試し釣り〟――後で、負けた方の顔が、少しでも立つようにという紀伊国屋の配慮であろう。終ってから言うよりは、始まる前に言っておく方がよいとの考えであろうが、そう言っている文左衛門の唇は、困ってはおらず、笑みを浮かべていた。

五

線香に火が点けられた。

「始め」

長太夫が太鼓を叩くのと同時に、阿久沢弥太夫、松本理兵衛の仕掛けが投じられた。

鉤以外、全ての仕掛けは同じである。

錘(おもり)も同じ。

同時に、着水して、仕掛けが青い水底に沈んでゆく。

深さは、二尋(ふたひろ)ほどもあろうか。

いずれも、岸から一歩退がったあたりに立ち、竿を右手に握っている。

場所は、自由に動いてもよい――ただ、動く方は、一方が釣っている場所から一間より近づいてはいけない。

太鼓が叩かれる前に、そう決められた。

違っているのは、桶の位置であった。

松本理兵衛が、桶を自分の前の左側に置いているのに対し、阿久沢弥太夫は、軽く開いた両足の爪先の間に桶を挟むようにして立っている。

理兵衛が、
つい、
つい、
と寝かせた竿先を浅く動かして、魚を誘っているのは先ほどと同じだ。

弥太夫は、そうではなかった。

糸が張られているのは、竿先の小さな曲がりを見ればわかるが、誘いはほとんどしていないように見える。

しかし、よく見ていると、寝かされた竿先が、微(かす)かながら動いているのがわかる。

小刻みな動きではない。じんわりとした動きだ。

竿先の弾力だけを利用して、砂の上に着底した錘を、
じわり、
じわり、
と、極めてゆっくりながら、横に引いているらしい。

と――

理兵衛の竿が、ぴしり、と音をたてて立った。

魚とのやりとりは、ほとんどなかった。

ひょい、
と水面から沙魚が跳び出てきて、理兵衛の左手に収まった。

「松本様、一尾」

声があがる。

竿尻を右手で握ったまま、理兵衛は右手の人差し指と親指で鉤をつまみ、沙魚の口から抜いた。

左手を放す。

その真下に、桶がある。

水の張られた桶の中に、沙魚がぽちゃりと落ちる。

その音を聴きながら、もう、理兵衛は竿を振り込んでいた。

餌の川蚯蚓はそのままだ。

理兵衛が、一尾目の沙魚から鉤を外そうとしている時、阿久沢の竿が立った。

理兵衛の時と同じであった。魚信(アタリ)に合わせたその竿の動きが、そのまま魚を釣りあげる動きとなっていて、すぐに沙魚が水中から跳び出してきて、弥太夫の左手に一尾の沙魚が握られていた。

しかし、采女は見ていた。

弥太夫が握っていたのは、鉤であった。正確に言うなら、弥太夫の左手の人差し指と親指が、沙魚に掛かった鉤の上部をつまんでいたのである。

胸元で、弥太夫が左手をひと揺すりすると、沙魚が鉤からはずれて、弥太夫の足元にある桶の中に落ちていた。

疾(はや)い。

沙魚が、桶に落ちきる前に、もう右手が動いて竿を振り込む動作に入っているのは、理兵衛と同じである。

「阿久沢様、一尾」

それから、ふたりは、次々に沙魚を釣りあげていった。

仕掛けを落として、すぐに沙魚が掛かる時もあれば、しばらく掛からぬ時があるのは、どちらも同じであった。しかし、わずかながら、先に一尾目を釣りあげた松本理兵衛が先行しているように見える。

だが、十尾目を先に釣りあげたのは、阿久沢弥太夫であった。

弥太夫が釣る。

理兵衛が釣る。

ふたりとも、最初に立った場所を動かない。

動けば、動くその時間がもったいないと考えているようであった。

弥太夫が、十五尾目を釣る。

理兵衛が、十五尾目を釣る。

弥太夫が、十六尾目を釣る。

弥太夫が、十七尾目を釣る。

理兵衛が、十六尾目を釣る。

弥太夫が、理兵衛よりも、はっきり一尾先行した。

互いに、相手が何尾釣っているかはわかっている。

もう、線香の残りも少なくなっている。

理兵衛が、十七尾目を掛けた。
それを手元に寄せようとしたその時――
「ちっ」
理兵衛が声をあげた。
宙を移動してくる時、沙魚が鉤からはずれて、落ちたのだ。
弥太夫が、十八尾目を釣る。
理兵衛が、十七尾目を釣る。
弥太夫が、十九尾目を釣る。
理兵衛が、十八尾目を釣る。
弥太夫が、二十尾目を釣る。
ここで、太鼓が、
どん、
と打ち鳴らされた。
「あげ」
この時、理兵衛があげてきた竿に、沙魚が一尾掛かっていた。
十九尾目。

しかし、弥太夫は二十尾を釣っている。

あらためて、数えるまでもなかった。

弥太夫の勝ちである。

しかし、二十尾と、十九尾。

いずれにしても、凄い数であった。

線香一本で、十九尾というのは、先ほどの勝負でも、松本理兵衛と高木善宗が一度ずつ達成できた数である。

今回、理兵衛は、またその十九尾を達成したことになる。だが、阿久沢弥太夫は、その上をゆく二十尾を釣ってしまったことになる。

「松本様、十九尾」

「阿久沢様、二十尾」

それぞれが釣りあげた沙魚の数が告げられた。

どちらが勝ったとは、言わなかった。

それは、あらかじめ、釣り始める前に、紀伊国屋が「お試し釣り」と言っていたからである。

理兵衛は、唇を嚙んで押し黙っている。

「たまたまじゃ。運がよかった――」

弥太夫が、理兵衛に声をかけた。

「いいや」

理兵衛は、首を左右に振った。

「なぐさめはよい。運でも、たまたまでもないことは、よくわかっている。ぬしの勝ちじゃ――」

六

「いや、御両人とも大した腕でござりましたなあ」

大川端を歩きながら、兼松伴太夫（かねまつともだゆう）が、しきりと采女に声をかけてくる。

川面から吹き寄せてくる風は、熱気がいくらか抜けて、頬に心地よい。

「いや、まことに――」

相槌（あいづち）を打っているのは、佐々山十郎兵衛であった。

ふたりは、先ほどの、松本理兵衛と阿久沢弥太夫の釣り勝負について言っているのである。

「いずれにしても、腕は確かじゃ。どちらが勝ってもおかしくはない。たまたま、阿久沢殿の運がよかったが、次はわからぬ」

　伴太夫が言う。

　——いや、運ではない。

　采女は、そう言いかけて、その言葉を腹の中に呑み込んだ。

　伴太夫も、十郎兵衛も気づいていないのか。

　確かに、傍目には、運に見える。

　川底の砂地には、おそらく、上げてくる潮に乗ってやってきた沙魚が、びっしりと重なるようにしていることであろう。

　そこへ、餌を投げ込む。

　近くにいる沙魚が、それを喰う。鉤に掛かって釣りあげられる。河原に落ちている石を拾うようなものだ。上手も下手もない。たまたま、魚のいない透き間に餌が落ちた時に、やや、喰いが遅くなる。それは運だ。

　それはわかる。

　しかし、勝負を決したのはその運ではない。

　あのような勝負の時、どちらが先に、最初の一尾を釣るか——それは、運で決まることになるであろう。

しかし、長時間、釣り続けての勝負となると、違う。

河原に落ちている石を拾うのにも、技があろう。石を拾って、懐に入れる。その同じ動作を、どちらが無駄なく、短い時間でやることができるか。勝ち負けを決めるのは、その手返しの速さである。

その手返しは、わずかながら、阿久沢弥太夫の方が速かった。それは、弥太夫が、左手のみで、鉤をはずす作業をしたからだ。理兵衛は、右手をそえてはずす分だけ、わずかに遅くなる。右手で鉤を握ってからなら、理兵衛の方が速いのだが、右手をそえにゆくその動きが加わって、鉤をはずすという全部の動きとなると、差が出てしまうのである。

三尾、四尾であれば、その差はどうというほどのこともないのだが、十尾、二十尾となると、その小さな差が、一尾の差となってくるのである。

それに、まだ、阿久沢弥太夫は、何かをしているはずだ。

自分が、松本理兵衛より多く釣るために。

おそらくは、まず、あの板尾丹兵衛の竿を選んだことがそうだ。

もうひとつは、竿を板尾丹兵衛から受け取った後で、地面にかがみ込んで、何かを拾ったことだ。その後、立ってから、その拾ったものを腹のあたりに抱え込んで、何かをしていた。何をしていたのか。手元を見ることはできなかったが、それが、勝負を分けたことに関わりがあるに違いない。

さらにもうひとつは、あの、竿先の動きだ。

松本理兵衛とは違う誘い方を、阿久沢弥太夫はしていた。

あれが、何であったかだ。

春以来、何度も釣りには出ている。

釣りのことも、多少はわかってきた。

それに、あの時、誰もが釣れぬ中で、阿久沢弥太夫だけが、自分の横で次々に鱠残魚を釣りあげていたではないか。

釣れぬ時も、釣れている時も、必ず他人より多く釣る——そういう秘伝があるのか。

松本理兵衛は、おそらくわかっているに違いない。

一尾の差が、運ではなく技の差であったことを。

それは何か。

考えるだけで、腹のあたりの温度が増してくるようであった。

あの後、挨拶もそこそこに、

「失礼つかまつる」

阿久沢弥太夫は、あの場を辞している。

一献いかがという紀伊国屋の誘いも断って、すぐに姿を消した。

松本理兵衛も同様であった。

「これは受け取れぬ」

百両を受け取らず、弥太夫の後を追うように、長吉と一緒にその場を辞している。

「かというて、一度出した百両じゃ、これをこのままわたしが懐に入れるわけにもゆくまいなア」

紀伊国屋文左衛門は、その百両を、店の者らしい男に渡し、

「どこぞへ行って、酒と肴をありったけここへ届けさせよ。よいか、使いきりじゃ、残すなよ」

見物客や、あらたに参拝に歩いてくる者たちにふるまうことにしたのである。

それを潮に、采女は、長太夫に挨拶をして、その場を辞してきたのである。

「それにしても、あの百両、松本殿も、紀伊国屋殿も、きまえのよいことで――」

佐々山十郎兵衛が言う。

「欲しゅうなったか」

伴太夫が言う。

「伴太夫、多少は腕におぼえがあるのであろう。あれに出ておれば、時の運、ことによったら、百二十二尾を釣って、百両手にしていたやもしれぬぞ」

「ばか」

ふたりは、たわいのない声をあげて笑った。

「しかし、あの阿久沢弥太夫、どこの者でござりましょうな」

伴太夫が、采女に声をかけてきた。

「いずれ、わかる」

采女は答えた。

信安がもどってくれば――

阿久沢弥太夫が、あの場から去る時に、

「後をつけて、どこに住む者か調べよ――」

采女は、川名信安にそう命じている。

今、信安は、弥太夫の後をつけているはずだ。

今日中には、いずれへ住む者か知れよう。

「しかし、それがわかって、どうなさるおつもりでござりますか」

伴太夫が、訊ねてきた。

「わからぬ」

采女は答えて、川面へ眼を向けた。

風が気持ちよい。

あの水の下に、無数の魚が泳いでいる——それが、采女には見えた。

「おい、伴太夫」

「はい」

「明日は、ゆくぞ」

「どちらへ？」

「鉄砲洲じゃ——」

采女は、川面を眺めながら言った。

巻の二　技師

　早朝から出かけた。

　陽が昇る前に鉄砲洲へ着き、東雲の明りの中で竿に仕掛けを繋いで、陽が顔を出した時には、もう、〝つ〟を抜けていた。

「先に〝つ抜け〟されてしまいましたな」

　横手で竿を出していた伴太夫が言った。

〝つ抜け〟

　というのは、十尾以上を釣りあげることである。

　ひとつ、ふたつ、みっつと、釣った魚を数えてゆくと、よっつ、いつつ、むっつ、ななつ、やっつ、ここのつと、いずれも九尾までは、最後に〝つ〟がくっついている。

　そして、十尾目の〝とお〟になって、この〝つ〟が消える。つまり、十尾目にしてようやく〝つ〟が抜けることになる。

それで、十尾以上の魚を釣ることを〝つ抜け〟と呼んでいるのである。

津軽采女が〝つ抜け〟した時、まだ、伴太夫は七尾しかあげていなかったはずだ。

この頃では、仕掛けを作るのも、それを竿に付けるのも、いずれもみな采女自身が手ずからやっている。最初の時こそ、仕掛けは作ってもらい、餌を付けるのも伴太夫がやり、釣れた魚を鉤からはずすのも、伴太夫がやった。

だが、今は、いずれも采女自身が、自分のことを自身でやっている。

そうしてこそおもしろくなるのが釣りであった。

先に、よい場所に入らせてもらい、竿を出すのも自分の方が先だが、これは仕方がない。

伴太夫も、主人の采女が釣りの仕度をしている最中に、自分だけ先に竿を出すわけにはいかない。

先に仕度をすませ、早く竿を出した分だけ采女の方が数を釣ることになる。

いずれにしても、春鰷残魚釣りと沙魚釣りについては、もう、采女と伴太夫との間に腕の差はあまりないといってよい。

初回以来、これまでに少なくとも月に六度は釣りに出ている。合わせれば三十度を越えている。

船で沖に出て、手釣りをしたこともあるし、荒川根で鯛(タイ)を釣ったこともある。

「いよいよ采女様もはまられましたな――」

嬉しそうに、横から伴太夫が言う。

「はまった？」

「これでござります」

答えながら、伴太夫が、ひょいと沙魚を抜きあげて、魚籠(びく)に入れる。

「釣りのことで――」

伴太夫が、鉤に川蚯蚓(ミミズ)を付け、それを投げ入れる。

「そうか、はまったか」

うなずきながら、采女も合わせを入れる。

手に、魚の引きが伝わってくる。

すぐには抜きあげない。

ひと呼吸、ふた呼吸、竿先の弾力で沙魚の引きを楽しんでから、抜きあげる。

「昨日も、むずむずして、たまらなかったのでござりましょう」

「昨日？」

「あの、鉤勝負のことでござります」

伴太夫の言う通りであった。

鉤勝負をしている連中が、次々に沙魚を釣りあげているのを見ていたら、自分も釣りたくなってしまった。気持が、というよりは、魚の感触を覚えている手や、腕、身体の方がたまらなくなってしまったのである。

「ようわかります。伴太夫も、覚えたての頃は、そうでござりました」

「ほう」

話をしている間も、ふたりの手の動きは止まらない。

仕掛けを投げ、引いて、魚信(アタリ)をとって、合わせる。

もう、自然に、手や身体が動くのだ。

昨日、鉤勝負を見ている時にも、自分なりの工夫も頭に湧(わ)いて、早く釣りの現場に立ちたいと考えていたのである。

「ところで、昨日の、阿久沢弥太夫(あくさわやだゆう)ですが、御徒侍(おかちざむらい)のようでござりまするな」

伴太夫が言う。

「らしいな」

昨日、阿久沢の後を尾行(つ)けていった川名信安(かわなのぶやす)が、夕刻にもどってくると、その報告をした。

阿久沢弥太夫は、あのまま北御徒町までゆき、組屋敷に近い長屋の一軒に入ったというのである。

「居所を見つけて、どうなさろうというおつもりです」

伴太夫が訊く。

「さて――」

問われた采女も困った。

阿久沢の居場所を知って、何をどうしようという深い考えがあったわけではない。ただ、あの男に興味を覚えたのだ。

「居所を知るためなら、後を尾行けさせるまでもありません。長太夫に訊ねればわかりましょうに――」

確かに、伴太夫の言う通りである。

長太夫なら、なにしろ阿久沢に鉤勝負に参加をしないかと声をかけたくらいであるから、居所くらいは知っていよう。

そこまで思い至らなかった――というより、阿久沢の人が、采女には妙に気になったのである。狷介と言うほどではないが、阿久沢が口にする言葉には、相手に対して、抜き身の刃物を、真っ直に突き出すようなところがある。

誰かを介して会ってしまうと、何かわずらわしいことがあった時に、その誰かを巻き込んでしまうことになりかねない。

——いや、そこまではっきりした考えもあったかどうか。

昨日は、ほとんど衝動的に、信安に後を尾行けるよう言っていたのである。

波の面で、陽光が躍っている。

陽は、昇ったばかりだ。

赤い色をした光が、采女と伴太夫の頬を染めている。

「弟子入りでもなさるおつもりですか」

伴太夫が言った。

なるほど——

言われて、采女は心の中でうなずいていた。

今、伴太夫の言った弟子入りというのが、あの時自分の心の中に生じていた感覚に一番近いのではないか。

しかし、正確に言うのなら、弟子入りとは違う。

ただ、知りたいのだ。

初めて、この鉄砲洲で阿久沢と会った時、コツはあるのかという采女の問に対して、

「ある」

と答えた、その中身を。

何故、阿久沢だけが釣れるのか。

昨日の〝お試し釣り〟においても、眼に見えている以上のことを、阿久沢はやっていたはずだ。

何かを拾い、それで何かをしていたようであったが、いったい何をしたのか。

あれも、これも、訊ねてみたいことは山ほどある。

それを教えて欲しいのである。

言うなれば、好奇心である。

阿久沢に弟子入りをして、あの釣法を身につけたいというのとは、少し違うように思う。

どう違うのか。それがうまく言葉にならない。

何だか、釣りを始めてから、これまで思わないことまで妙にあれこれと考えるようになってしまった。

それがよいことなのか、悪いことなのかはわからない。

「そろそろ、朝餉(あさげ)とまいりましょう」

伴太夫が声をかけてきたのは、陽が昇って、魚信(アタリ)が少し遠のいてからであった。

竹の皮を開くと、塩むすびに、大根の漬け物、梅干、鰯(イワシ)の煮つけが付いていた。

それを喰べながら、竹筒に入れてきた茶を飲む。

喰べ終えると、すぐにまた岩に腰を下ろして竿を握った。

ぽつり、ぽつりと、沙魚があがり、たまに、小さな王余魚(カレイ)と、鮹残魚が混じった。

しかし、陽が昇るにつれて、魚信はさらに遠のき、潮が止まるとぱったりと釣れなくなった。

餌を何度も替え、何度振り込んでも釣れない。

潮が止まると、魚信が遠のくことはよくあるが、ここまで反応がないというのは、初めてこの鉄砲洲で竿を出した時と同じであった。

それでも、あの時は、阿久沢弥太夫が、ただひとり、ひとつ、ふたつと釣りあげていたはずだ。

しかも、あの時阿久沢が竿を出していたのは、今自分が竿を出しているちょうどこの岩の上ではなかったか。

ならば、なんとか方法があるのではないか。

そう思って餌を新しくしたり、仕掛けを落とす場所をあちこちと変えてみたりしたが、魚信のないことは同じであった。

繰り返し、繰り返し、餌を投げても魚信がない。

あとは、どういう工夫をすればいいのか。

そう考えた時、采女は、誰かの視線を感じて後方を振り返った。

すると、後ろの岩の上に、ひとりの男が立って、こちらを見つめているのが見えた。

阿久沢弥太夫であった。

あの阿久沢が、采女の背後に立って、凝(じ)っと、采女の竿先から、海中へ糸が沈み込んでいるあたりを睨(にら)むように見つめていたのである。

手ぶらであった。

手に、竿も魚籠(びく)も持ってはいなかった。

眼が合った。

ほんの数瞬、采女は、阿久沢と見つめあった。

眼の小さな、情の強(こわ)そうな唇をした男であった。

采女も、阿久沢も、黙ったままだ。

どういう挨拶も交さずに、采女は、また海の方に向きなおった。

再び、糸が海中に沈んでいるあたりに眼をやった。

深さは、二尋半ほどもあろうか。

海中に斜めに延びた糸は、一尋ほどの深さまで見えて、その先はもう見えなくなっている。

阿久沢の視線を、采女は背後に感じていた。

どうして、あの阿久沢がここにいるのか。

しかも、どうして手ぶらなのか。

何故、釣りの仕度をしてきていないのか。

まさか、昨日、自分が川名信安に後を尾行けさせたことを知っているのか。

采女の、心臓の鼓動が速くなっていた。

まだ、阿久沢が、背後からこちらを見つめているのがわかる。

竿をたて、手元まで仕掛けをもどして、餌を付けかえた。

新しい川蚯蚓を付け、また、竿を振り込んだ。

その自分の手もとを見られている。

自分の竿捌きを見つめられている。

そう思うと、いつもの自分の竿捌きができなくなってしまった。

竿を振る動きや間が、ばらばらになっている。

どうも、緊張しているらしい。

竿を持ちあげ、仕掛けを手元にもどし、采女は、また後方を振り返った。

阿久沢は、さっきまでと同じ場所に、同じ眼つきをして立っていた。

ひと呼吸、間を置いてから、

「急に釣れなくなりました」

采女は、阿久沢に向かって言った。

「そのようだな」

阿久沢は言った。

「阿久沢弥太夫様ですね」

采女が言うと、

「ほう」

阿久沢は、その小さな眼が、もう見えなくなりそうなほど、目を細めた。

笑ったのではない。

眉(まゆ)を寄せて、いぶかしげな表情を作ったのだ。

「わたしの名を御存知か」

そう言った。

「今年の春に、ここでお会いしたことがございます」

「覚えてる」

阿久沢は言った。

采女は、阿久沢の問いに、まだ答えていなかった。

阿久沢との会話を成立させるには、どうしてその名前を知っているかについて言わねばならない。

「昨日も、大川端で……」

「あそこに、あなたもいたのか」

「はい」

うなずき、

「長太夫さんから、お名前をうかがいました」

采女は言った。

今は、もう伴太夫も、後ろにあの阿久沢が立っていることに気づいており、竿を握った手の動きを止めて、ふたりの会話を聴いている。

「申し遅れました。わたしくは、津軽采女と申します」

采女が頭を下げた。

「津軽殿？」

阿久沢が言った。

まだ、阿久沢には、采女が津軽藩の当主であるとはわかっていない。

采女もその方がいい。

「どうすれば、釣れますか」

采女は訊ねた。

「さあ」

「最初にここでお会いした時も、潮が止まって、このように釣れなくなりました。しかし、阿久沢様だけは、釣りあげておいででした……」

「――」

「あの時は、コツがあるのだとおっしゃってましたが――」

「あの時と、今とでは違う」

「何が違うのです」

「みんなだ」

「みんな？」

「そうだ」

「竿が？」

「竿も」

「鉤も？」

「鉤も」

阿久沢は言った。

「鉤も、釣っている魚も、季節も、潮の動きも――みんな違う。それに……」

「それに？」

「わたしは、あなたではない」

「ほう」

「今日も、わたしはそこでずっと竿を出していたわけではない」

「ということは、つまり、今日、あなたがずっとここで釣っていたなら、まだ、なんとか釣りようはあるということですね」

「そういうことだ」

「それがどういうことか、教えていただけませんか」

采女は、意を決して、竿を持ったまま立ちあがっていた。

「――」

阿久沢は、むっとしたように押し黙った。

「教えていただけますか」

「教えて、教えられるというようなものではない。釣法は人それぞれであって、わたしはわたし、あなたはあなたの工夫をすればよい。意地が悪くて言うのではない。教えたくないと言っているのでもない。教えられぬと言っているのだ」

自分の心の裡(うち)を、正確に伝えようとするかのように、阿久沢弥太夫は、言葉を選びながら言った。

「昨日、阿久沢様は、板尾丹兵衛様の竿をお選びになられましたが、あれは何故でござりましょう」

采女は訊いた。

阿久沢弥太夫は、まだむっとした顔を采女に向けている。

「板尾様は、百五尾と、あの中では一番釣った沙魚の数が少なかった。にも拘(かか)わらず、阿久沢様は、板尾様の竿を迷わず選ばれました。これは、板尾様の数が少なかったのは、ただ、手返しが遅かったのがその原因とお考えになったということでござりましょうか」

采女は、自分が疑問に思っていることを訊ねた。

采女の見たところ、沙魚を釣りあげてからの動きが、板尾丹兵衛の場合、他の者たちよりやや遅いように思われた。もしも、手返しの速度が、仮に松本理兵衛と同じくらいであったら、釣果もあれほどの差は出なかったであろう。

だが、それだけなら、他の者たちにも言えることだ。

板尾丹兵衛の竿でなく、他の誰の竿を使おうと、手返しさえ速くやれば、釣る魚の数を増やすことはできる。

それが、どうして、板尾丹兵衛の竿であったのか。

「あれは、板尾丹兵衛の竿が、一番ばらしが少なかったからだよ」

阿久沢弥太夫は言った。

「釣りあげた魚が、途中でばれてしまう原因は、ひとつは、鉤だよ」

「鉤？」

「鉤に掛かりがあるだろう」

阿久沢が言う。

掛かりというのは、鉤先にあるかえしの部分である。

「この掛かりがあることによって、一度鉤掛かりした魚が逃げられないんだよ」

「ええ」

「あとは、竿だ。いいかね。あんな掛かりなんかなくたって、竿の弾力と、掛かった魚の種類や大きさとの組み合わせさえうまくいってれば、魚はばれたりしないものなのだ。おれの見たところ、その具合が一番よかったのが、板尾丹兵衛の竿だったのさ」

話をしているうちに、たかぶってきたのか、それまで自分のことをわたしと呼んでいたのが、おれになっている。

「ああいう短い勝負で、一度でも釣りあげた魚をばらしてしまったら、もう、取り返しがつかないんだよ。遅れは取りもどせない」

松本理兵衛は、采女が見ている時も、沙魚をひとつふたつばらしている。

〝お試し釣り〟の時も、松本理兵衛は沙魚をばらし、それが原因で、勝負に負けたと言っていい。

「あのおり、勝負の前、何かを拾って、何やらしておられる様子でしたが、あれは、何を――」

「あれか。あれは、鉤の掛かりの先を、拾った石でこすっただけだよ」

「掛かりの先でござりますか」

「あれは、竿がいいから、掛かりなんぞなくったって、充分ばれたりはしないよ」

「でも、どうして?」

「手返しを速くするためだ。掛かりを石で潰(つぶ)しておけば、片手で魚を鈎からはずすことができるし、着ているものを掛かりのある鈎でひっかけて、わずらわしいことになるのを防ぐこともできる」

「桶(おけ)ですが、松本様は左側に、阿久沢様は両足の爪先の間に置かれておられました」

「あれは、あっちは左手の下に、こちらは身体の正面に、自分が鈎から魚をはずす真下に桶を置いただけのことだ。どっちがどうというものではない」

「すると、あの沙魚の誘いの違いも——」

「自分流さ。差はあるのかもしれないが、どちらがどれだけよいのかは、わかるものではない」

すると、あの時、ふたりの勝負を分けたのは、竿と、鈎の掛かりを潰したのと、片手で鈎をはずしたのにあることになる。

そのみっつの効果が重なって、線香が一本燃えつきるまでに、一尾分の差となったことになる。

あれほど、沙魚の喰いがたってなければ、差となって表われたかどうかわからぬほど、わずかな差だ。

「こんな勝負で何がわかると申されましたが――」

「これまで言った通りさ。どれだけ釣れるかは、鉤だけで決まるものではない。ある時にはよかった鉤が、別の日には、駄目なこともある。あれだけで、どの鉤が一番であるかなど、わかるものではない」

きっぱりと、阿久沢弥太夫は言った。

「得心がゆきました」

采女は言った。

なるほど、言われてみれば、うなずけることばかりである。

「それで、さきほどお願い申しあげたことでござりますが――」

「さきほど？」

「この春、潮が止まったおり、阿久沢さまだけが、鱠残魚を釣りあげたことです」

「あれか」

「コツがあると、申されましたが――」

采女は訊ねた。

阿久沢弥太夫は、また沈黙してから、

「いいだろう」

そう言った。

この津軽采女という人物に、阿久沢は阿久沢なりの興味を覚えたらしい。

「ただし、おれは、おれのやり方でしか、説明ができぬ。説明しても、おまえさんにわかるかどうかも知らぬ。それでよいのなら、説明しよう」

「かまいません」

「では、そこにある竹筒をいただけるか」

阿久沢弥太夫は、岩の上にのっている竹筒を指差した。

さっき、茶を飲んだ竹筒である。

「これを？」

それまで黙って話を聴いていた伴太夫が言った。

「そうだ」

阿久沢がうなずく。

伴太夫が、采女に視線を送ってくる。

采女が眼でうなずくと、

「では、これを――」

伴太夫が、竹筒を手に取って、阿久沢に渡した。

竹筒を受け取り、

「これは、もう、使いものにならなくなるがよろしいか」

そう言った。

「かまいません」

采女が言うと、阿久沢は、左手の人差し指と親指で、竹筒の頭をつまみ、軽く振った。

中に入っている茶の量を確認したようであった。

「ちょうどよい……」

つぶやいて、阿久沢は、左手を前に出し、その竹筒をぶら下げ、腰を浅く落とした。

ひと呼吸息を吸い込み、ほとんど間を置きもせず、阿久沢は無造作に、指先を竹筒から離した。

「吩(フン)！」

鋭い呼気が、阿久沢の鼻から洩(も)れ、白刃がきらめいた。

かっ、
と音がして、竹筒の上部が消失していた。

阿久沢が、腰の剣を右手で抜きざまに、宙でその竹筒を上下に水平に両断していたのである。

竹筒の下側が地に落下する前に、阿久沢の左手が、再び宙でその竹筒をつかんでいた。

右手に握った剣を鞘(さや)にもどすのと、切り落とされた竹筒の上部が、音をたてて地に転がるのと、ほとんど同時であった。

竹筒の高さは、二寸半ほどだ。

切り取られたばかりの縁(ふち)から三分(ぶ)ほど下まで、ちょうど茶が溜っていた。

それを、阿久沢は、土手の上に置いた。

径、およそ二寸半。

湯呑みほどの大きさである。

「竿を持って、こちらへ」

阿久沢が呼んだ。

采女は、岩の上から下りて、歩いて阿久沢の横に並んだ。

「竿を——」

阿久沢が、右手を伸ばしてきた。

その右手に、采女は自分の竿を握らせた。

竿尻を握って、

「二間半、悪くない」

竿にからめてあった糸をはずし、

「糸は、三間――」

竿よりも約三尺――九十センチほど長いことになる。

「錘が、四匁……」

約十五グラムである。

「この竿だと、この錘は、ちょっと軽いかもしれない」

「軽い!?」

「わたしにとってはということです」

阿久沢は、歩き出した。

歩きながら、竹筒との距離を眼で測っている。

立ち止まった。

「ちょうど、このあたりで四間――」

言いながら、竿を右手で持ち、糸を左手でつまんで軽く引く。

竿の先が軽く曲がる。

左手の指がつまんでいた糸を放した。

ふわり、
と、浮きあがるように錘が宙を飛んで、竹筒の中に、茶の飛沫(しぶき)をあげて錘が落ちた。

わずかに揺れたが、竹筒は倒れなかった。

錘を竹筒から抜きあげ、

「これができるか」

竿を采女に手渡した。

「これ？」

「ここから、あの竹筒の中に、錘を入れられるか」

「それができないと？」

「わたしがやった、あの釣りができないということだ」

何故、とは、采女は問わなかった。

「やってみましょう」

慎重に、竹筒をねらって、錘を飛ばした。

竹筒の横二寸くらいのところに、錘が落ちた。

「はずれた」

三度やって、三度、はずれた。

三度目は、直接錘がぶつかって、竹筒が倒れた。

「そのくらいでいい」

阿久沢は言った。

采女は、残念そうに、竿に糸を巻きつけ、

「難しいものですね」

そう言った。

「慣れだ」

阿久沢の答えは短い。

阿久沢は、采女を見つめ、

「鱚残魚(キス)でも、沙魚でも、不思議なことに、潮によって、全然喰いが違う。潮が止まってしまうと、まるで喰わなくなる。これはつまり、潮が動いているうちは、川床の土も動き、川蚯蚓や、貝や蟹(かに)など、魚の餌になるようなものが動くが、流れが止まると、そういったものも動かなくなり、餌が動かなくなるため、喰いが渋くなるのであると考えられる――」

「はい」

「しかし、潮の動きが止まっていても、どうかすると、それでもまだ、魚が餌を喰べる場所が、たまにあったりする」

「ええ」

采女はうなずいた。

「その場所は、とても狭い。しかし、必ず存在する。ことによったら、潮の上げ下げとは別に、海底には、何かの加減で潮が動いている場所が、どうやらあるらしい。そうとしか思えない」

阿久沢は言った。

「潮が止まった後も、そういう場所にいる魚は、餌を喰べる。だから、そういう場所を捜せばよいのだ」

「しかし、どうやって、その場所を見つけるのですか――」

「だから、まだ釣れているうちに、あちこちをさぐり釣りしながら、その場所を捜すんだよ――」

「――」

「魚によっても、日によっても、その場所は違う。同じ一日の中でもその場所は変化する……」

「――」

「そうとしか、言いようがない。それを、釣りながら捜す。先ほど、今日はわたしが竿を出してないから駄目と言ったのは、そういうことだからだ。そういう場所が、見つかる時もあれば、見つからない時もある。見つけたら、そこへ、正確に餌を落とす。その範囲が、ちょうど、あの竹筒ほどの狭さなのだ」

ひと息に言って、阿久沢は、采女を睨んだ。

なるほど。

なんとか、阿久沢の言うことは、理解ができる。

しかし、理解できるということと、それができるということとは別だ。

まず、その場所を釣りながら捜すといっても、それが、どういうことなのかわからない。

わかっても、そこへ、どうやって餌を放り込めばよいのか。

「釣り場に何度も通うしかないということですね」

「はい」

阿久沢はうなずいた。

「ところで、最後に、あとひとつだけ、うかがわせていただけますか」

「何だね?」

「釣りのことです」

「釣り?」

「阿久沢様は、何のために釣りをなさっているのでしょう」

「何のために?」

「釣りは、楽しいですか」

采女は訊ねた。

阿久沢は、采女を睨んだ。

しばらく口をつぐみ、

「もちろんだ」

阿久沢は言った。

「釣りは、おもしろい」

そして、阿久沢は、采女に向かって白い歯を覗かせた。

阿久沢が、初めて見せた笑みであった。

巻の三　安宅丸(あたけまる)

一

闇(やみ)の中を、潮がひたひたと登っている。

その潮が舟縁(ふなべり)を絶え間なく打っている。

手釣りの糸を握っているのは、其角(きかく)だけであった。

朝湖(ちょうこ)は、舟の上で仰向(あおむ)けになって、月を眺めている。

満月に近い月が、空に掛かっていた。

地上にはほとんど風はないというのに、空には風があるらしい。

雲が、速い動きで、西から東に流れている。時おり、月がその雲に呑み込まれ、雲の縁が銀色に光る。

大川――

ちょうど、御船蔵の前あたりだ。

舟の舳先（へさき）は、海の方に向いている。

海が、陸（おか）に向かって押し寄せているのである。

錨（いかり）を下ろしているため、舟が流されることはないが、流れは重い。

秋に入っている。

九月の半ばを過ぎているため、夜ともなると空気は冷たい。

夕刻から仁兵衛（じんべえ）に舟を出させ、食事は舟の上で済ませた。

食事といっても、酒とその肴（さかな）だけだ。

朝湖はひとりで五合近くを飲んで、早ばやと糸から手を離して、舟底に仰向けになってしまった。

沙魚（ハゼ）がぽつりぽつりあがる中に、王余魚（カレイ）とセイゴが混じる。

たまに、黒鯛があがった。

餌（エサ）は、川蚯蚓（ミミズ）とエビを使っている。

舟には、行灯（あんどん）に灯（とも）が点されていて、遠目にはその灯が水の面（おもて）に映っている。

糸を握っている其角の手のすぐ下を、黒ぐろと水が動いている。

ちょうど、其角の眼の前が御船蔵だ。

「昼は、どうってこたあねえが、こうやっていると、どうも薄っきみ悪いとこだねえ……」

ぽつりと、其角が言った。

「あんなことが、あったからだろうよ」

仰向けになったまま、朝湖がつぶやいた。

「安宅丸の祟りだっていう話かい――」

「それを言うんなら、酒井忠清の祟りだろうぜ、其角よう」

其角と朝湖が話題にしているのは、昨年、殿中で、若年寄稲葉石見守正休に刺されて死んだ、大老堀田筑前守正俊のことである。

御船蔵は、三年前の、天和二年（一六八二）まで、安宅丸が繫がれていた場所である。

今日で言えば、隅田川にかかる新大橋の東岸あたりにあたる。

安宅丸というのは、大型の軍船である。

戦国の頃から江戸初期にかけて造られた大型の軍船は、いずれも安宅船の名で呼ばれるのだが、この御船蔵につながれていた安宅丸の大きさは、他の安宅船に比べても群を抜いていた。

全長、およそ三十尋（約五十五メートル）。

船幅、およそ九間（約十六メートル）。

甲板上には、三階建の楼閣がそびえていた。

櫓の数は二百挺。

この大櫓一挺にふたりがつき、あわせて四百人の水夫がこれを漕いだ。

推定排水量は千八百トン。

秀吉の、朝鮮出兵のおりに使われた旗艦日本丸の推定排水量が三百トンであることを考えれば、安宅丸の異常なまでの大きさがわかるであろう。

外面は、全て銅板でおおわれていた。

日本の造船史上、最大の木造巨船であった。

二代目将軍秀忠の時――寛永八年（一六三一）ごろから計画され、家光の時に十万両をつぎ込んで建造されたのが、この安宅丸であった。

伊豆で建造されたこの安宅丸だが、江戸に運ばれて以来、そのあまりの巨大さのため、ほとんど使用されぬまま、およそ五十年間御船蔵に係留されたままとなった。

御船蔵の名前も、この安宅丸を繋いであったところからきている。

もちろん、朝湖も其角も、この安宅丸を見ている。

「しかし、安宅丸の幽霊話なら、兄さんだって知ってるでしょう」

其角は言った。

三年前、この安宅丸に、妙な噂がたった。

夜になると、繋がれている安宅丸の方から、

「伊豆へ帰りたや……」

「伊豆へ帰りたや……」

という声が聴こえてくるというのである。

そのうちに、青白い陰火が安宅丸の周囲に燃えるのを見たと言う者まであらわれた。

それが、本当か嘘かはともかく、その噂がきっかけとなって、安宅丸の解体話が持ちあがったのである。

この安宅丸廃船を唱え、解体を仕切ったのが、大老の堀田正俊であった。

何しろ、将軍の乗る御座船にして、史上最大の軍船である。中の調度品は贅を尽くしたものであり、金銀もふんだんに使用されている。

この解体費用、板材や調度品を処分した金も半端なものではない。

この作業を通じて、堀田正俊が懐に入れた金は、三十八万両とも言われている。

この後、幾つかの幽霊騒ぎが起こっている。

処分された安宅丸の板材を手に入れたある人物が、それを家の穴倉の蓋に使用したところ、安宅丸の霊が、家の女に憑いてしまったというのである。

これを詫びて、板材を寺へ納めたところ、女は正気にもどったという話だ。

結局、御船蔵に、安宅丸の霊をなぐさめるため、船塚が建てられた。

「あちこちに安宅丸の幽の字が出たってえわけだから、安宅丸も大忙しだったろうよ」

「竹筒の話は、耳にしてますか」

「してるよう。堀田様が、水練の達者なやつを使って、夜半に安宅丸の周りを泳がせ、竹筒を使って、伊豆へ帰りたや、と泣き声で言わせたってんだろう」

「よくできた話です」

「嘘だろうよ。そんなことしなくたって、大老の堀田様なら、安宅丸を解体する話にもってゆくのは造作もねえこった。もし本当なら――」

「本当なら？」

「堀田正俊も、存外に可愛いところがあったってえことだよう」

五年前、綱吉が五代将軍になる時、それを実現させたのが堀田正俊であった。

『徳川実紀』は、噂として次のように記す。

延宝八年（一六八〇）、五月五日――

病に伏していた家綱の容態がいよいよ悪化した時、大老酒井忠清は、次の将軍として、有栖川宮をお迎えしようと考えた。

将軍家の血に、皇室の血を入れようということである。

かつて、鎌倉殿の血統が絶えた折、京都から将軍を迎えたということがある。その前例に倣おうとしたのである。

家綱が病の床にある以上、最高権力者は大老の酒井忠清である。誰もこれに異論を唱えることができぬ中で、ひとり堀田正俊のみが、反対をした。

〝正しき御血脈の公達をすてゝ、いかに他より御後を立る理あらん〟

綱吉様という血縁の者がおわすに、何故、よそから跡継ぎを迎えねばならぬのか
――

しかし、酒井忠清の命は絶対である。

堀田正俊がいくら持論を叫んでも、誰も賛同はしない。

思い通りに事が成るかと思われた時、忠清は油断をした。

事成れりと判断をして、ひとまず家に帰ってしまったのである。

堀田正俊が、そこに残った。

そこで、堀田正俊が、起死回生(きしかいせい)の手を打ったのである。

堀田正俊の言い分としては、こうだ。

自分が独り、残っていたところ、深夜になって、家綱様より急に御前に呼び出されたのである——と堀田正俊は言う。

その時、家綱様自身の口により、

「末弟の綱吉を跡継ぎにするよう御意を得たり」

というのである。

自分の弟の綱吉を次の将軍にせよ——

本当かどうか。

家綱と対面したのは、堀田正俊である。

堀田正俊が、

「本当である」

と主張すれば、これを嘘であるとする証拠はない。

堀田正俊は、その晩のうちに、神田の邸(やしき)にいた綱吉を呼び、将軍家綱と対面させ、
そこで、家綱から綱吉に将軍位を委譲することに、話をまとめてしまったのである。

〝事みなはて、後、忠清以下の老臣はまうのぼりけるとぞ〟

酒井忠清が、これを知ったのは、全てのことが済んでしまった後であった。

これによって、将軍は綱吉となり、酒井忠清は大老職を追われ、次の大老に堀田正俊がついたのである。

酒井忠清は、たちまち失脚し、

〝酒井雅楽頭(うたのかみ)忠清が大手門前の邸を収公せられ、堀田備中守正俊にたまふ〟

忠清の屋敷はとりあげられ、正俊のものになってしまった。

一年後の五月、酒井忠清は病没する。

憤死といっていい。

そして、綱吉と正俊は、江戸城内から、徹底して酒井色を消し去ってゆくのである。

一ヵ月後の六月二十一日――

綱吉は、越後高田藩の御家騒動について、酒井忠清が下した裁定を覆すべく、再審を行った。

御三家や、譜代大名、老中、若年寄――つまり、日本を動かしてゆく人間たちのほとんどが見守る中で、藩主の改易(かいえき)、家老の切腹、関係者の遠流(おんる)を言いわたしたのである。

前代にこれを裁いた大目付も遠流、忠清の跡継ぎである忠挙も、父の忠清の裁きの悪しかった責任をとらされて謹慎を申し渡された。

皆々から、あれこれ声があがるところを、

「余が将軍じゃ」

綱吉が、

〝御みづから大声を発し給ひ〟

「これにて決案す、はやまかり立て」

と叫んだ。

〝座中の輩震慴せざるものなし〟

と『徳川実紀』は書いている。

これで、徳川家は、完全に綱吉と堀田正俊のものになった。

この堀田正俊が、大老になって三年後――昨年の貞享元年（一六八四）八月二十八日に、殿中において、若年寄稲葉石見守正休に刺されて死ぬのである。

大久保加賀守忠朝、戸田山城守忠昌、阿部豊後守正武の三人が現場に駆けつけ、その場で、堀田正俊を殺した稲葉正休を討ちとってしまった。

このため、何故、稲葉正休が、堀田正俊を刺し殺したのかという、その理由がわからなくなった。
何とも不可思議な事件であった。
この正俊の死について、江戸では、
「安宅丸の祟りではないか」
という噂が立ったのである。
それを、朝湖は、堀田正俊に失脚させられて憤死した、酒井忠清の祟りではないか
と言ったのである。

二

「まだ、噂はあるぜ」

朝湖が言った。

朝湖は、まだ、仰向けに寝ころんでいる。

「どういう噂です？」

其角が、餌の川蚯蚓をかえながら訊く。

「摂津の一件だよう」

「あれですか」

事件の前、摂津の河川改修事業が計画され、この工事を、稲葉石見守正休が、四万両で請け負うことになった。

これに、堀田正俊が口をはさみ、土木海運事業家の河村瑞賢に命じて、費用を半額の二万両におさえてしまったというのである。

「そっちの方の恨みってえ話もある」

朝湖が言った。

「それだけじゃ、ねえでしょう」

水中に、仕掛けを投じながら、其角が言う。

「何でえ」

「将軍様が、大久保様、戸田様、阿部様と謀って、邪魔な堀田様を亡きものにしたんだろうってえ人間もおりますぜ……」

「でけえ声で言うんじゃねえよ、其角――」

「でえじょうぶですよ」

其角が周囲を見回した。

少し下流――潮の流れからすれば上流だが、大川としたら下流に、ぽつん、と灯りが見える。

朝湖や其角たちと同様に、夜釣りに出ている舟であろう。

もとより、聞こえる距離ではない。

「聞こえておりませんよ」

艫に座っていた仁兵衛が言った。

むこうの舟には聞こえないと言っているのか、自分も、今の話は聴いてないという意味なのか、その両方の意味らしい。

それをきっかけに、会話が途切れた。

黙したまま、其角は糸を握っている。

多賀朝湖は月を眺めている。

ここしばらく、魚信が途絶えている。

「なあ、其角よう……」

仰向けになったまま、朝湖がつぶやいた。

「何です？」

「俺ら、このごろ、妙に気になることがあってなア」

「気になること？」

「七月に出た、生類憐みのお触れだよう——」

「あれですか」

其角は、糸を軽く引きながら言った。

朝湖が言っているのは、俗に、

「生類憐令」

として知られているお触れのことだ。

貞享二年（一六八五）七月——

幕府は、綱吉の命によりひとつのお触れを出した。

御道へ犬猫出るともくるしからず。何万にならせ給ふとも、今より後つなぎをくこと有るべからず。

「生類憐令」としてしられているものは、ひとつの令のことを指して言っているのではない。

この貞享二年より、綱吉の死ぬ宝永六年（一七〇九）まで、二十五年間に亘って、繰り返し百回以上も発令されたお触れのことをこの名で呼んでいるのである。

その第一回目が、貞享二年の七月のことだったのである。

これまで、将軍が御成する時、行列の通行中に、犬や猫が迷い出てはそのさまたげとなり、非礼となるとして、家につないでおくのが慣習であった。

そのようなことをせずともよいというのが、七月のお触れであったのである。

「悪いこっちゃねえ。面倒がなくていいが、その後がいけねえ」

綱吉は、将軍になってから四年目の天和三年（一六八三）に、跡継ぎの徳松が五歳で夭折した。

そういうこともあって、生類への憐みの心が募ったのであろうと、多くの人間は考えていた。

「この九月に出た、新しいお触れは知ってるかい――」

「もちろん」

最初のお触れから二ヵ月後、九月にまた新しいお触れが出たのである。

〝拵馬がならぬ〟

というお触れであった。

馬に、足を高く上げて格好よく歩かせたり、癖を矯正したりするために行なわれていたのだが、そのためには馬の脚の筋の一部を切ったりしなければならない。

その馬の筋を延ばしたりすることは、不便であり不仁であるから、やめた方がよい——つまり、拵馬を禁ずるというお達しがあったのである。

「こいつが、どうも、俺らの癇に、妙にひっかかるんだよう」

「——」

「一度目のお触れはいい。二度目もいい。三度目だっていいかもしれねえ。だけども、こいつが、四度目、十度目、二十度目になってきたら、どうなると思う」

「どうなるんです」

「ええ、住みにくい世の中になるってえこった」

「ふうん」

其角は、神妙にうなずき、

「兄さんの、そういうところは、妙にあたるからなア」

そう言った。

「まあ、今っから、心配したって始まらねえ。今夜は、今夜のことを楽しむのがいいやね」

「そりゃ、そうだ」

「しかし、こう魚信が遠のいてると、違うことでも考えたくなってくる……」

「何か、いい発句でも浮かんできたかい？」

朝湖が言った。

「いとせめて……」

そこまで口にしかけて、其角は、ふいにその言葉を止め、

「き、きやがったっ!!」

声をあげていた。

其角の手首から先が、ずぼっと水中に潜っている。

水中で、右に左に其角の右手が動く。

「大え（でけ）」

たいへんにという意味の〝いと〟と、釣り糸の〝いと〟をかけて、でまかせの発句を口にしようとした時、手にごつごつんと魚信があって、手首をそのまま水中に引き込まれてしまったのである。

「仕損じるなよ」

朝湖は、起きあがって其角と魚のやりとりを見ている。

「発句は仕損じても、こいつばっかりは仕損じるわけにゃいかねえ」

手首を水面から上にあげたり、肘（ひじ）まで潜らせたり、魚の引きに合わせてかけひきし

ながら、其角は上手に糸をたぐっている。

三尺ほどたぐっては、二尺また送り出し、また三尺たぐる——そういうこと繰り返すうちに、少しずつ魚が浮いてきた。

向こうの水面に、いきなり、

ばしゃり、

と水音がして、暗い水面に魚が飛びあがった。

鰓(エラ)あらいをする。

「セイゴだ」

「スズキだぜ、其角」

スズキは、小さいものから大きくなるにつれて、順にその名前が変わってゆく。

コッパ。

セイゴ。

フッコ。

スズキ。

一番大きなものがスズキだ。

二尺から上の大きさである。

「こいつあ、たまらねえ」

それでも、やりとりしているうちに、だんだんとスズキが近づいてきた。

スズキが、ばしゃりと海面に跳ねて躍った。

「バラすんじゃねえぜ」

「この前の富岡八幡の日からこっち、鉤（はり）は松本流の天狗鉤だ。バラしゃあしねえさ」

そう言っていた其角の声が、

「あーっ」

急に高い悲鳴に似たものにかわった。

「どうした」

「バ、バレやがった」

半腰をあげていた其角が、舟底にへたり込んだ。

放心して、しばらくは声も出せない。

「逃げちまった……」

其角がつぶやく。

「松本流天狗鉤も、案外にだらしがねえ」

朝湖が言った。

重さの消えた糸をたぐっていた其角が、

「いや、天狗鉤のせいじゃねえ、糸の方が切れやがったんだ」

右手につまんだ糸を持ちあげて見せた。

つまんだ糸の先から、きれいに仕掛けが消えていた。

「切れたんじゃあねえ、切られたんだ」

「ちくしょうめ、春の大王余魚からこっち、大物になると、どうもついてねえ」

其角が溜息をついている横で、朝湖がいそいそと釣り仕度を始めていた。

「どうしたんです？」

「俺らが今、おめえの敵をとってやろうってんじゃねえか――」

「敵？」

「待ってろよ、其角。おめえが逃がしたやつを、俺らが釣りあげてやるからよ」

鉤に川蚯蚓を付けて、朝湖が仕掛けを水中に落とす。

「一尾掛かったってえことは、まだまだあのくれえのやつがいるってこった」

言いながら其角を見た朝湖は、

「どうした。もう、やらねえのか？」

「敵討ちの見物をさせてもらいますよ」

膳の上に置いてあったちろりを手に取り、其角は、自分の猪口(ちょこ)に酒を注いだ。

「一杯(いっぺえ)やって、くやしさをまぎらわしたところで、また続きをやりますよ」

其角は、もう、ぬるくなった酒を口に運んだ。

火鉢の中で赤くなっていた炭も、今は、半分以上が白い灰になっていた。

勢い込んで糸を出した朝湖であったが、なかなか魚信がないまま、三度、餌をかえた。

「どうにも、ここらあたりにゃ、あの一尾だけだったのかもしれねえなア」

朝湖がつぶやいた時、右手――つまり下流の方から、

「あっ」

という叫び声が聞こえ、だぶん、という水音があがった。

「落ちた」

「采女(うねめ)さま」

「早く、お助けを」

続いて、次々に声が聞こえてきた。

「誰か落ちやがったな」

朝湖がつぶやいた。

その時には、もう、仁兵衛は舳先に立って、水の面を眺めている。

潮があげているため、下流で落ちた人間は、そのあげ潮に乗って、こちらへ流れてくるはずであった。

「人が流れてきます」

仁兵衛が言った。

「舟は動かさなくていい。ちょうど、ここへ流れてくる」

朝湖が言った。

その通りであった。

月明りで、ほんのりと見えている水の面を、人の頭が流れてくるのが見えた。

どうやら、その人物は、流されながらもこちらの舟に向かって泳いでいるらしい。

「こっちだ、手を伸ばせ」

其角が言った。

流されてきた男が、水中から右手を伸ばしてきた。

その手を其角と仁兵衛が摑み、舟の上へ引きあげた。

「いや、ありがとうございます――」

男だった。

頭からずぶ濡れであった。

月明りと、行灯の灯りしかないが、それでも顔は見てとれる。

若い。

二十歳になったかどうかというくらいであろうか。

「助かりました」

そう言いながらも、その若い男の両手が動いている。

手釣りの糸をたぐっているのである。

「こいつが掛かった拍子に、つい夢中になって身を乗り出し、落ちてしまったのです」

若い男の声にも顔にも、くったくがない。

魚を引き寄せて、舟にあげた。

みごとな大きさのスズキであった。

三尺半はあるであろうか。

「この三日間、毎晩、こいつをねらっていたのです。この時分は、川にあがっていた鮎が、落ちてくるのです。その鮎をねらって、このあたりをこのくらいの大きさのやつがうろうろしているのですよ」

スズキが、口の中から、舟底へ、一尾の鮎を吐き出した。

「おまえさん、餌は——」

思わず、大丈夫かと問う前に、朝湖は餌のことをたずねていた。

「鮎の生き餌(え)です。生きた鮎を鉤で背掛けにして、勝手に泳がせておくと、こいつが掛かってくるのです」

若い男は嬉しそうに笑っていた。

舟底で、ぱさりぱさりと尾で板を叩いているスズキは、明らかに其角がさきほど落としたものより大きかった。

「采女さま」

「御無事でございますか」

下流から、舟が近づいてきた。

大丈夫じゃ——

若い男は、そう言わなかった。

「釣りあげたぞ」

若い男は、誇らし気な声でそう言った。

「ねらっていた大物じゃ」

「おお」

「御無事で」

舟に乗っていた男たちが言う。

「伴太夫、十郎兵衛、こちらの舟の方々に助けていただいたのじゃ。流され続けていたら、あのまま取り逃がすところであった」

若い男は、やはり口にするのは魚のことであった。

朝湖と其角は苦笑した。

「おう、かたじけない」

「ありがとうございます」

伴太夫、十郎兵衛が、朝湖と其角に向かって頭を下げた。

「あらためて、御礼申しあげます」

濡れ鼠の姿で、その若い男は、居ずまいをただし、深々と頭を下げた。

「申し遅れました。わたくし、津軽采女と申します」

若い男は、息をはずませながら、言った。

巻の四　鯛(たい)

一

貞享(じょうきょう)四年（一六八七）九月三日――

「ア、これは!?」

右手に持っていた糸をしゃくって、声をあげたのは佐々山十郎兵衛(さ さ やまじゅうろうべ え)であった。

上に持ちあげた十郎兵衛の手が、宙の一点で止まっている。

波で舟が上下しているため、十郎兵衛の手は一見動いているように見える。舟が、波で上に持ちあげられれば下へ、舟が下がれば上へ――

しかし、実際には、宙の一点で、糸を握った拳(こぶし)は止まっている。

「根掛(ねがか)りのようで――」

海の底の根――つまり岩に鉤がひっかかってしまったのだ。

十郎兵衛は、何度か拳を動かして、根掛りをはずそうとするのだが、はずれない。

「わしもじゃ」

十郎兵衛の横で兼松伴太夫が、同じように宙で拳を止めている。

力を込めて糸を引いていた十郎兵衛の手が、ぽん、と上に持ちあがる。

「はずれましたぞ」

糸巻きに、糸を巻きとりながら、十郎兵衛が海の底から仕掛けを引きあげてくる。

深さ、およそ三十尋。

「ありゃあ――」

十郎兵衛が、右手を頭上に持ちあげたまま、情けない声をあげた。

十郎兵衛の右手から、ミチイトがぶら下がり、そこから下のテグス、鉤、錘が消えていた。

ちょうど、ミチイトとテグスの結び目から切れている。

「鉤に、ヤキを入れすぎたのじゃ」

傍で、仕掛けを海に下ろしている津軽采女が言った。

「わしは、だいじょうぶじゃ」

伴太夫は、十郎兵衛の横で、仕掛けを持ちあげてみせた。

根巻のテグスも、錘も、テンビンも、そして鉤も無事に付いている。

鉤に付けていた餌のエビが失くなっただけである。

だが、鉤が伸びて、アゴの曲がりがゆるくなってしまっている。

十郎兵衛は、あらたに仕掛けを作り始めた。

船頭の伝兵衛が、

「鉤曲は、ござりますか」

と言うのへ、

「ある」

伴太夫は、道具箱から、ヤットコと鉤曲を取り出した。

鉤曲というのは、鉤を曲げるための木でできた棒である。ゆるやかな円錐形に近いかたちをしており、どの大きさの鉤にも使うことができる。

小さい鉤の場合は細い部分を、大きい鉤の場合は太い部分を使う。

この頃、鉤は全て手作りである。

自分で針金を曲げ、ヤキを入れるのだが、このヤキをわざと甘くしておく。

あまり鉤を固くしてしまうと、鉤が根掛りした時に折れてしまうからだ。

鉤は貴重な品だ。

根掛りの度に折れたり、あるいは糸が切れたりしていたらたまらない。

わざと鉤のヤキを甘くしておくと、根掛りした時に力を込めて引けば、鉤が伸びて、自然にはずれることになる。

その伸びた鉤を、またもとのかたちにするのが、鉤曲とヤットコなのである。

　釣りの名を定めて曲るはりのなり

宝井其角の句だ。余談で記しておけば、貞享四年のこの年、其角の母親が亡くなっている。

「荒根で釣る時には、これは必ず用意しておかねばならぬ品でござりまするぞ」

伴太夫は、鉤曲に鉤をあてながら言った。

江戸の海には、およそ十一の根が知られている。

江戸根。中ノ根。間ノ根。文庫根。沖ノ根。上手根。傘根。西ノ根。荒根。夷根。小根。

一般的には、自然の岩石が海底に露出しているものを根と呼んでいるのだが、この十一の根のうち、江戸根と荒根は半分人工のものである。

江戸城を建てる時に石垣にするための石を、伊豆から江戸まで船で運んでいる。その石船が、嵐に遭って、石を積んだまま沈没し、それが根になったのが江戸根と荒根である。

記録によれば、九州肥後の大名加藤清正の石船七隻が、江戸浦には沈んでいる。江戸根と荒根は、清正が作ったとも言える。

河鰖残魚(ギス)などの釣りは、中州などの浅場に糸を垂らすので、竿を使えるが、根釣りになると、深場になるのでいずれも手釣りになる。竿は使わない。

また、根釣りになると、沖へ出ることになるため、州や、川の澪筋(みおすじ)の釣りと違って、また別の知識と技術を持った船頭が必要になる。

この頃、江戸浦の根に詳しい船頭は、芝の伝兵衛と七郎左衛門の二人だけであった。

江戸浦の沖ノ根——海のある一点にたどりつくためには、〝山立て〟という技術を使う。

陸(おか)を見ながら船を操り、二方向のふたつの風景がちょうど重なる場所までたどりつかねばならない

樹と寺の屋根。

岡と塔の先端。

そういうふたつの風景が、重なる一点に、船を持ってゆくのは、どういう船頭でもできるわけではない。

今回、船を操っているのは、芝の伝兵衛である。

「しかし、釣れませぬな」

あらたに作った仕掛けを海に落とし、落ち着いたところで、十郎兵衛が声をかけてきた。

「うむ」

伴太夫がうなずく。

正確に言うのなら、釣れてはいる。

しかし、そのほとんどは、黒鯛、はた白である。

目的の魚は鯛――つまり、真鯛である。

真鯛は、釣れても、尺より二寸、三寸も小さいものばかりである。

江戸浦の根まわりで釣れる魚は、州とはまた種類が違ってくる。

春の彼岸(ひがん)後は、鮎並(あいなめ)、上様もうを。

三月、四月にかけて鰈(カレイ)、もうを、黒もうをが釣れ、四月からは鯵(あじ)、黒から、めばるになる。

鯛の時期は五月からであり、鷹羽(たかのは)、いたちがこれに混ざる。五月から六月にかけてカサゴ。六月からは章魚(たこ)。

八月が、黒鯛、鮫。

今は、九月の三日だ。

もう、はた白の時期に入っている。

鯛の時期ではない。

伴太夫と十郎兵衛は、先ほどから根掛りが多い。

どうも、心に気にかかることがあるらしく、釣りに集中できない様子であった。

兼松伴太夫――

佐々山十郎兵衛――

このふたりは、采女が十七歳で家督を継いだおりに、傅(ふ)として采女に付いた人間である。

傅、つまり守(も)り役である。

「もう、そろそろあがりませぬか、采女さま――」

伴太夫が声をかけてきた。

「今少しじゃ」

采女が言う。

「今少しで、潮が動く」

采女の顔は、真剣であった。

「鉤は阿久沢流じゃ。阿久沢殿直伝の弥太夫鉤ぞ。鉤にも、わが工夫で漆が塗ってある。必ず釣れる」

鉤に漆を塗るのは、采女が考え出した方法である。

海中で、鉤がきらきらすると、魚がこれに怯えて掛からないのではないか――

そう考えた末に思いついた方法であった。

すでに、采女が釣りを覚えて三年目である。

「婚儀の仕度や準備も色々とござりますれば――」

「これが、準備じゃ」

「しかし――」

「そもそも、婚儀のおり、余自らが釣りあげたる鯛を出したらどうかと言うたは、おまえではないか、伴太夫――」

「そうは申しましたが――」

伴太夫は、途方に暮れた。

その通りであった。

たしかに、自分はそう言った。

だが、それは、うっかり口が滑ったのだ。

本気のことではない。

釣りに行くにしても、もう、明日の九月四日はその婚礼の当日なのである。

これでもう、三度海に出ている。

いずれの時も、まだ、満足のいく大きさの鯛は釣れていない。

ただ一枚、手の平ほどの大きさのものが釣れただけだ。

伴太夫は、心底困っていた。

妻として采女の下に輿入れしてくるのは、米沢十五万石の城主上杉弾正大弼綱憲の養女、阿久里である。

養女というのは、かたちばかりのことで、実は、養父である上杉弾正は、阿久里の実兄である。ふたりとも、高家・吉良上野介義央の実子であり、兄は長男、妹の阿久里は次女である。

「鯛はそもそも五月の魚にござります」

「何をいう。鯛であろうが、他のどのような魚であろうが、旬などというのは、人が勝手に決めたこと。旬が過ぎると魚がいなくなってしまうわけではない。鯛としたところが、五月になっていきなりどこかから湧いて出てくるわけではない。七月であろうが九月であろうが、鯛は必ずどこかにいる。そして、居れば必ず何かを食べている。何かを食べているのなら、必ずや釣ることもできるというもの——」

ここまで言われたら、伴太夫も下がるしかない。

「幸いに、まだ、釣りをやめよというお触れは出されてはおらぬ。ここでおまえが、出さずともよいではないか——」

「あの、町触れのことでござりますな」

横手から、十郎兵衛が声をかけてきた。

「困ったことだ。あれもいかん、これもいかんと言われているうちに、釣りもできぬ、魚も喰えぬ世になってしまう」

采女は、言った。

このお触れというのは、貞享二年（一六八五）から出された生類憐みに関わる触れのことである。

この町触れは、貞享二年から、将軍綱吉が亡くなる宝永六年（一七〇九）まで、二十五年間に、知られているだけで百三十五回にも及ぶものとなったのである。

最初は、犬、馬などに関わるものであったのが、次第に他の生き物、やがては、鳥や魚、貝、果ては蚊にまで及ぶことになった。

「きり〲す松虫玉虫之類、慰めにも飼ひ申すまじ」

虫を飼うことも禁じられてゆくのである。

このうち、津軽采女が阿久里を妻としてむかえた貞享四年までの三年間、魚介類に関わるもののうち、主だったものを挙げてみると、次のようになる。

貞享二年十一月――

「七日令せられしは、鳥類・貝類・海老(えび)類等、いまより後庖厨(ほうちゅう)に用ふべからず」

まず始めは、水産物では貝と海老がその対象であった。

というのも、貝や海老は、水から揚げられてもまだ生きているため、江戸城内で料理されるおりその生命(いのち)を断つことになるからだ。城内で調理される時に、すでに死んでいる魚に関してはお目こぼしとなっている。

これが、貞享四年になると一変する。

この年の二月――

「鮒・鯉・鮑(あわび)・栄螺(さざえ)・うなぎ又はどじやう、総而(そうじて)生きたる貝類商売仕(つかまつ)るべからず」

このような触れが出されたのである。

「いけすの鯛・すずき・諸魚とも御法度(ごはっと)」

さらに同じ二月の二十六日――

「活鱗、貝介は献ずべからず」

あらたな触れが出て、老臣たちへの贈遣に使用される魚についても細かく規定された。

贈ってもよいのは、

「鯛以下八種の軽ろき魚」

ということになる。

具体的に書いておくと、その軽き魚というのは、鯛、鱸（すずき）、石鰈（いしがれい）、比目魚（ひらめ）、あまだひ、もうを、鮎、はた白の八種である。

翌二十七日――

「食料として活魚、活鳥をなし、かつ売却する事を禁ず」

これによって、活魚や活鳥を飼っている者たちが、次々に対象となる生き物を殺しはじめてしまったのである。

そこで翌二十八日に、あらたな触れが出た。

「食物として活け置きし魚鳥を俄（にわか）に殺すこと無用。若（も）し締め殺すものあらば曲事（くせごと）たるべき事」

「活洲にあらずとも貝類、其外、鯉・鮒・海老等生きたるものを商売すべからず」

三月二十六日には、

「生洲を設け魚を貯へ売買する事を禁ず」

「鶏を絞殺して売買する事を禁ず」

という禁令が出た。

犬や馬など、他の生類に関する禁令は、これら魚介類についての町触れを遥かに凌ぐ量が出ている。

「釣りもならぬと、いずれそういうお触れが出ることになりましょうか――」

十郎兵衛が、独り言のように言った。

「わからぬ」

ぽつりと、采女はつぶやき、

「だから、今のうちに、せいぜい釣っておくことだな」

手にした糸の重さを確認するように、それを軽く持ちあげてみせた。

錘を底に着けた状態で糸を張っておくと、舟が波で持ちあげられる度に、錘は海底から離れ、舟が下がるとまた錘が底に触れる。

その度に、ごつん、ごつんと、錘が着底する音が手元に届いてくる。

この上下が、そのまま、魚に対する誘いになっている。

と——

「来た!?」

声をあげたのは、伴太夫であった。

見やれば、糸を握っている伴太夫の右手が、震えている。

海中で、鉤掛かりした魚が暴れているのだ。その魚の動きが、魚信(アタリ)となって糸を握っている手を震わせているのである。

ここで手を緩めたら、魚が根に入ってしまう。

だから、どんなに引かれても、糸を送り出さないようにしなければならない。

大きい。

伴太夫と魚のやりとりを見ているだけで、掛かったのが大物とわかる。

「おう、これはたまらぬ」

魚が走る。

「むう」

伴太夫の腕と頸に血管が浮きあがる。

「こい」

魚が、ゆっくりと、あがりはじめた。

「どうじゃ」

糸を引き、糸巻きに糸を巻きとってゆくうちに、海の中で、ぎらりぎらりと、魚が銀色の腹を光らせるのが見えてくる。

あがってくるにつれ、それが赤みを帯びているのがわかる。

「観念せい」

ぐいと引いたところで、魚の顔が見えた。

「鯛じゃ。鯛でござりまするぞ、采女さま！」

伴太夫が言った。

舟の上に、鯛があげられた。

みごとな大きさの鯛であった。

二尺に余る大きさである。

その鯛が、尾鰭(おびれ)で舟底を叩く。

「ついに鯛が釣れましたぞ」

伴太夫が、尾を摑(つか)み、その巨大な鯛を持ちあげてみせた。

「これで、陸(おか)へもどれまするな」

十郎兵衛が言うと、

「まだじゃ」

采女が言った。

「立派な鯛が釣れましたのに――」

「わたしが釣った鯛ではない」

「いえ。この舟は、采女さまのお名で仕立てたもの。であれば、これは采女さまがお釣りになった鯛でござります」

伴太夫が言ったが、采女は、眉間(みけん)に皺を寄せ、固く唇を結んでおし黙った。

「わたしと、伴太夫は、采女さまの手足も同然。采女さまの手足が釣ったものなら、これはまさしく采女さまの釣られた鯛――」

「詭弁(きべん)を弄するでない。どうしてこれが、わたしが釣った鯛なのだ。伴太夫、おまえが釣った鯛ではないか――」

采女の声が大きくなった。

「わたくしも、伴太夫も、この鯛を誰が釣ったのかなど、誰にも言いませぬ」

「愚弄するな！」

采女は、叫んだ。

「わからぬのか。誰かが知る、知らぬの話ではない。これは、わたしの釣った鯛ではない。それだけのことじゃ」

采女は、激しい口調で言った。

伴太夫も、十郎兵衛も、言葉を発することができなくなった。

「まだじゃ」

采女は言った。

「まだ、帰らぬぞ。ようやく潮が動いてきたところじゃ」

采女の顔が、赤みを帯びている。

遠く、向こうに、富士が見えていた。

青い空を、鷗（かもめ）が飛んでいた。

二

「おい、聴いたかい?」

多賀朝湖が、其角にそう訊ねたのは、賑やかに鳴っていた三味線の音がやんで、ひと口、ふた口、杯の酒を口の中にほうり込んでからであった。

「何のことでしょう」

其角は、乾したばかりの杯を、膳の上にもどしながら言った。

「仇討ちだよう」

朝湖が、右手で自分の左腕をぴしゃりと叩いた。

「仇討ち?」

三味線を置きながらそう言ったのは、朝湖の横に座っている、芸者の駒吉である。

「このお江戸で?」

其角の横に座っていた稲八が、其角が空にした杯に、ちろりを傾けながら言った。

駒吉も稲八も、辰巳芸者であるから、権兵衛名を名のっている。

本名とは別に、男の名を付けているのである。

永代寺門前仲町にある料理茶屋、〝いろ葉〟の二階。

朝湖と其角は、夕方からここで飲んでいる。

飲み始めた時は、まだ外の風景が見てとれるほどであったのだが、今はもう外は夜である。

百目蠟燭を点し、芸者ふたりを呼んで、刺し身を肴に飲んでいるのである。

カサゴの煮つけ。

もどりガツオの刺し身。

タコの煮つけが、膳の上に並んでいる。

朝湖が身につけているのは、いつも同様に派手な紫の小袖である。

その背に、朝湖自ら筆を取った章魚が描かれている。

章魚は、朝湖の身体を背後から抱きすくめようとでもしているかの如く、肌色の触手を、背から前にかけて伸ばしている。

「耳にしておりませんが――」

「江戸じゃあねえんだよ。上方さあ――」

朝湖が言った。

「上方？」

「四ヵ月前（めえ）のことだよう」

「ほう」

「場所は、大坂さ」

朝湖は、あっさりと言ってのけた。

「へえ」

「それが其角よう、釣りが原因の仇討ちだったんだよ」

「釣りが原因？」

「討つ方も討たれる方も、阿波徳島の産でなあ――」

朝湖が語りはじめた。

三年前――

天和（てんな）四年（一六八四）春――

本部（もとぶ）実右衛門が釣りに出かけたのが、ちょうど二月八日であった。

釣れたのか釣れなかったのか、それが仇討ちに結びついたりはしなかった。

事件が起こったのは、釣りの帰りであった。

釣っていたら、雪が降り出したので、実右衛門は早々に竿を畳み、家路についたのである。

しかし、まだ雪はやまなかった。

とある川を、渡る時——

橋の上で、凍った雪に足を滑らせ、転んだ拍子に、持っていた竿が、後ろからやってきた人物が持っていた傘を突き破って、眉間までも突いてしまったのである。

相手は、同じ徳島藩士の島川太兵衛という武士であった。

「おのれ、よくも武士の面体に傷をつけたな、ってんで、これが斬り合いになった」

朝湖が、立てた指先を刀に見たて、左右に振ってみせた。

「そんなことで斬り合ってたら、武士なんぞは、幾つ生命があっても足らないじゃあござんせんか」

駒吉が言った。

「その通りだよ。で、島川太兵衛が、本部実右衛門を斬り殺しちまった」

勝った太兵衛は、城下を出て、大坂へ出、そこで目医者をやっていた。

これが、三年後に実右衛門の身内に見つけられた。

実右衛門の身内は、三人がかりで闘い、南御堂の前で、太兵衛を斬り殺してしまった。

「それが、今年の六月三日のことなんだが、上方じゃあ、もうこいつが浄瑠璃になっちまった」

「仇討ちが浄瑠璃かい」

「流行(はや)りやすいんだよう、仇討ちってえのはよ」

「しかし、釣りとの関係はそれだけですか」

「阿波徳島って言ったじゃあねえか――」

「そうか、テグスの？」

「そうさ、テグスはどれも、阿波徳島の産だよう」

この頃、まだ、テグスの正体は日本では知られていない。

中国から送られてくる漢方の薬の包みを縛っているのが、このテグスである。

透明なその糸をほどき、釣り糸として使うこととしたのは、まぎれもなく日本人が世界に先がけてやったことだが、このテグス、製法こそわからぬものの、長い間日本人は植物性のものであると思い込んでいたのである。

「それでもまだ、どうしてこんな話をしたのかわかりませんが――」

「馬鹿。釣りの話をしたら、そりゃあ、釣りに行きてえってことだろう」

「もう沙魚(ハゼ)の時期になってるってえことなんでしょう？」

「そうだよう」

朝湖は、大きな眼を、さらに丸くして、甘えたような声を出した。

身体だけでなく、朝湖の顔の造作は、いずれも大きい。

鼻、耳、眼、そして口が巨大であった。

眉も、太くて濃い。

下顎も張っている。

容貌魁偉(かいい)。

すさまじい面(つら)がまえであった。

洒落(しゃらく)な画風からは想像しがたい顔である。

その朝湖も、其角には、時おりこのような甘えた声を出す。

朝湖は、四つん這いになって、部屋の隅まで行き、壁に立てかけてあった、細長い布の包みを手に取ってもどってきた。

「こいつを見ねえ、其角――」

その布の包みを其角に手渡した。

其角が、布の中から取り出したのは、一本の竹の棒であった。

「これは?」

「竿だよう」

漆が塗られ、螺鈿の文様が入っている。

朝湖は、其角の手からその竹の棒を奪い、

「ちょいと、そこの窓を開けてくれ」

駒吉に言った。

「アイ……」

駒吉が、窓を開けると、冷たい夜気が部屋に入り込んできた。

「さあ、見てくれよ……」

つぶやきながら、竿を傾けると、すうっ、と、竿の中から何か出てきた。

竿先であった。

その竿先を、朝湖がつまんで引っぱると、中からするすると竹先が伸びてきた。

そのまま伸ばしてゆくと、なんと三本の竿が中から引き出されてきて、長さ二間半の、立派な一本の竿となった。

この竿、入れ子構造になっている延べ竿だったのである。

伸びた竿先を窓の外に出し、朝湖は竿を右手一本で握った。

「軽い。右手一本で、充分あつかえるぜ」

「ちょっと、持たせて下さいよ」

其角が、朝湖から竿を受け取って、手に持った。

「確かに、こいつぁ軽い。いったい、どこの職人に作らせたんです？」

「京だよ」

「京？」

「江戸前の竿もいいんだが、たまにゃあ、こういうもんで沙魚（ハゼ）を釣ってみてえなあって思ってるんだよ」

「ならば、さっそく、明日でもどうです？」

「そのつもりだよう」

「そいつはいい」

「でな。その時に、独り、声をかけてやりてえ男がいるんだよ」

「どなたです？」

「観世新九郎（かんぜしんくろう）だよう……」

朝湖は言った。

「新九郎のやつが教（おせ）えてくれた竿師に作らせた竿だ。その竿下ろしなんだ。新九郎に声をかけにゃあならねえだろう」

「しかし、明日ってえことになると、急な話じゃあありませんか」

其角が言った。

「心配はいらねえよ。野郎が、明日あいてるのはもうわかってる。実を言うとな、昼のうちに、もう人をやって、明日の朝、鉄砲洲まで来るように言ってあるんだ」

「ならそれでいいが、明日の朝となるとあたしらはどうします？」

「決まってらあ。ここで朝まで飲んで、明るくなったら、こっから鉄砲洲まで行くんだよう」

「わたしの竿は？」

「みんな、仁兵衛にまかせてある。身体ひとつで行きゃあいいのさ」

それで話がまとまった。

駒吉と稲八が、ひとしきり賑やかに三味線を鳴らし、ひと息ついたところで、

「其角よう、このところ、やっぱりやなことになってるみてえだなア」

空になった杯を右手に持ち、宙をうろうろさせながら朝湖が言った。

「やなこと？」

「あれだよう」

「こいつのことですか」

其角が、自分の腹に右拳をあて、それを横に引いた。

切腹の真似である。

「つまらねえお触れが出るだけならいいが、人が死ぬようになっちゃあ、放っちゃおけねえ」

「増山兵部様の御家来のことですね」

「そうだよ」

こういうことだ。

二年前、貞享二年（一六八五）に出た生類憐みのお触れが、今年になってからさらに厳しいものとなってきたのである。

増山兵部の家来で、戸田某という武士がいたのだが、この戸田某が、道を歩いている最中、犬に吠えかけられ、嚙みつかれた。

そこで、仕方なく刀を抜いて、脚に嚙みついているこの犬を突き殺したのだ。

これを罪に問われて、戸田某は切腹を申しつけられたのである。

また、土屋大和守の家来は、やはり嚙みついてきた犬に切りつけ、怪我を負わせた罪で、江戸から追放となった。

土井信濃守の家来は、吠えかかってきた犬を叩いたことで、職を失うこととなった。

「生き物に情けをかけるなあ、悪いこっちゃねえ。しかし、自分に嚙みついてきた犬を殺したってえことで、腹を切らされるんじゃあたまらねえ」

「その通りで」

このごろでは、役人が江戸市中を見回って、犬を叩いたり殺したりする者がいないか捜して歩く。

とがめられて、所払いになったり牢屋に入れられたりする者も多い。

「犬目付どもめ」

朝湖が吐き捨てた。

犬のこと以外でも、死罪になった者がいる。

秋田淡路守の下屋敷に住む武士で、只越甚太夫という者がいた。

この甚太夫が、吹き矢で燕を吹いた。

これが知られることとなって、甚太夫は死罪を申しわたされてしまったのである。

この時一緒にいた山本兵衛は、命は助けられたが、八丈島へ流罪となった。

「きりぎりすも飼っちゃあならねえ、虫を売ってもならねえ。それで所払いにされちまうんじゃあな――」

朝湖の言葉は、怒気を含んでいる。

「軒下や庭の木の枝に蓑虫がぶら下がってたって、咎められる世の中になっちまうぜ

「――」

「蓑虫の音を聴きにも行けませんね」

其角は言った。

「芭蕉先生も縄つきにされちまう」

「絵を描いた、多賀朝湖先生だって、おんなじですぜ」

「ちげえねえ」

朝湖は、唇の端だけで笑ってみせた。

ふたりが話題にしている〝蓑虫〟のことは、芭蕉の作った蓑虫の句をもとにしている。

十日ほど前、芭蕉が門人たちに句を送った。

それが、

みのむしの　ねをきゝにこよ　草の庵

という句であった。

これに対して、山口素堂が「蓑虫の説」なる一文を送り、多賀朝湖が蓑虫が秋の木の枝からぶら下がっている絵を描いて送った。

まねきに応じて、むしのねをたつねしころ

素堂主人

みのむしみのむし、聲のおぼつかなきをあはれぶ。ちゝよちゝよとなくは孝にもつはらなるものか。いかに傳へて鬼の子なるらん。清女が筆のさがなしや。よし鬼の子なりとも、瞽叟(こそう)を父として舜あり。なむじはむしの舜ならんか。

みのむしみのむし、聲のおぼつかなくて、かつ無能なるをあはれぶ。松むしは聲の美なるがために籠中に花野をしたひ、桑子はいとをはくにより、からうじて賎の手に死す。

みのむしみのむし、静なるをあはれぶ。胡蝶ハ花にいそがしく、蜂はみつをいとなむにより、往来をだやかならず。誰が為にこれをあまくするや。

みのむしみのむし、かたちのすこし奇なるをあはれぶ。わずか一葉をうれば、其身をかくし、一滴をうれば、其身をうるほす。龍蛇のいきほひあるも、おほくは人のために身をそこなふ。しかじ汝はすこしきなるには。

みのむしみのむし、漁父のいとをたれるに似たり。漁父は魚をわすれず。太公すら文王を釣そしりをまぬかれず。白頭の冠はむかし一蓑の風流に及ばじ。みのむしみのむし、たま虫ゆへに袖ぬらしけむ。田蓑の、島の名にかくれずや。いけるもの、たれか此まどひなからん。遍昭（へんじょう）が蓑をしぼりも、ふる妻を猶わすれぬ成べし。

みのむしみのむし、春は柳につきそめしより、桜が枝にうつり、秋は荻ふく風に音をそへて、寂家の心を起し。寂蓮（じゃくれん）をなかしむ。木枯の後はうつ蝉に身を習ふや。からも身もともにすつるや。

又、蓑虫々々　偶逢園中　従容侵雨　瓢然乗風
笑蟷斧怒　無蛛糸工　白露甘口　青苔粧躬　天許作隠
我隣称翁　栖鴉莫啄　家童禁叢　脱蓑衣去　誰知其終

葛村隠士素堂　書

この素堂と朝湖に対して芭蕉が書き送ったのが「蓑虫の説跋（ばつ）」である。

草の戸さしこめて、ものゝ侘しき折しも、偶蓑蟲の一句をいふ、我友素翁、はなはだ哀がりて、詩を題し文をつらぬ。其詩や錦をぬひ物にし、其文や玉をまろばすがごとし。つらつらみれバ、離騒のたくみ有にゝたり。

又、蘇新黄奇あり。はじめに虞舜・曾参の孝をいへるは、人におしへをとれと也。其無能不才を感る事ハ、ふたゝび南花の心を見よとなり。終に玉むしのたはれハ、色をいさめむとならし。

翁にあらずば誰か此むしの心をしらん。静にみれば物皆自得すといへり。此人によりてこの句をしる。むかしより筆をもてあそぶ人の、おほくは花にふけりて實（み）をそこなひ、みを好て風流を忘る。

此文やはた其花を愛すべし。其實、猶くらひつべし。

こゝに何がし朝湖と云有。この事を傳へきゝてこれを畫。まことに丹青淡して情こまやか也。こゝろをとゞむれバ蟲うごくがごとく、黄葉落るかとうたがふ。みゝをたれて是を聴けば、其むし聲をなして、秋のかぜそよそよと寒し。

猶閑窓に閑を得て、両士の幸に預る事、蓑むしのめいぼくあるにゝたり。

芭蕉庵桃青

「こんな、みのむしだの松虫だのってえ風流ごっこもやっちゃあいられなくなるだろうよ」

朝湖は言った。

「漁父は魚をわすれず、太公すら文王を釣るそしりをまぬかれず……」

其角は、素堂の「蓑虫の説」の中の一文を口にした。

「魚も飼っちゃあならねえ、売っちゃあならねえ――そのうち、魚を釣るのもけしからねえと言い出すだろうよ」

「今のうちに、せいぜい釣っておきましょうぜ――」

「そういうこった」

駒吉が杯に満たした酒を、朝湖はあおった。

三

「婿(むこ)殿……」

そう言った顔は、端正で肌の色が白い。

四十七歳という歳よりも、若く見える。

吉良上野介義央(きらこうずけのすけよしなか)は、津軽采女を見やって微笑した。

笑えば、眼尻に柔和な皺(しわ)ができた。

両国にある義央の屋敷で、采女は、この新しく義父となった人物と向きあっていた。

半月ほど前に、采女は、吉良義央の次女の阿久里と婚礼の式を挙(あ)げたばかりであった。

采女の屋敷に入った阿久里も、新しい生活にようやく慣れかけて、ひとまず落ち着いたところであった。

吉良家まで、采女が挨拶(あいさつ)にきたのは、義央が、前々から落ち着いたところで顔を出すように言っていたからである。

おひとりで――そうも言われていたので、今日は阿久里をともなってはいない。

「色々と、御苦労であったな」

義央が、采女にねぎらいの言葉をかけた。

「とんでもありません」

采女は頭を下げた。

確かに、婚礼の式というのは色々とわずらわしいことが多い。

しかし、その婚礼の式のほとんどをとりしきったのは、この義父である義央であった。

「婿殿が用意なされた鯛も、みごとなものでありましたな」

「恐縮にございます」

また、采女は頭を下げた。

采女が婚礼に用意した鯛は、目の下一尺に余るものであった。

兼松伴太夫(かねまつともだゆう)が釣ったものではない。

あの後、ねばりにねばって采女自身が釣りあげたものである。

采女は、まだ、この義父になじめずにいた。

柔和な顔をしていても、本心がその柔和な表情によって、かえって隠されてしまっているような気もしないでもない。

そもそも、妻とした阿久里は、米沢十五万石の城主、上杉弾正大弼綱憲(うえすぎだんじょうだいひつつなのり)の娘として采女に嫁してきたのである。

阿久里は、上杉家が吉良家からもらった養女であり、しかも阿久里の義父となった上杉弾正大弼綱憲は、阿久里の実の兄でもあったのだ。

何故、このようなことが起こったのか。

そもそもは、義央の妻富子が、米沢藩主上杉綱勝（つなかつ）の妹であったことからであった。

寛文四年（一六六四）、上杉綱勝は、嗣子（ちゃくし）のいないままこの世を去った。

このため、あやうく米沢藩は取り潰しになるところであったのだが、義央と富子の嗣子である綱憲を、養子として米沢藩にむかえることで、この難を逃れたのである。

結果、米沢藩は、三十万石から十五万石と減知になったものの、藩の存続を許されたのである。

その兄のもとへ、いったん養女として入ってから、阿久里は采女のもとへやってきたのである。

米沢藩十五万石に対して、采女は四千石の旗本であったのだが、阿久里の実家である吉良家が四千二百石であることを考えれば、それなりにつりあいのとれた婚姻であったと言えるだろう。

義央は、寛文（かんぶん）二年（一六六二）二十二歳の時に、大内仙洞御所造営の御存問の使者として京に上っている。

ここで義央は、後西天皇の謁見を賜っている。

以来、義央はその一生の間、幕府の年賀使として、京へおもむくこととなる。

このため、義央は、幕府の中で、天皇家の儀礼——つまり京のやり方に一番詳しい人間となったのである。

「婿殿よ」

と、義央は言った。

「覚悟なされよ」

「覚悟？」

采女は、思わず義央の言った言葉を繰り返した。

何のことを言われたか、わからなかったからだ。

「婿殿は、四千石の旗本じゃ」

「——」

「その婿殿が、いつまでも小普請組でもあるまいにと言うことじゃ」

ここまで言われても、まだ、采女は何の話かわからない。

「出世なされよ」

きっぱりと、義央は言った。

「わしが、そなたを引きあげる」

「——」

「いきなり、明日、明後日(あさって)というわけにもゆくまいが、いずれ、必ずやそなたを出世させてみせましょうぞ——」

「出世できましょうか？」

「必ず」

笑みを絶やさぬまま、吉良は言った。

「この吉良上野介が、父となったのじゃ……」

「よろしくお願い申しあげます」

「わしが父代わりぞ」

采女の父は、四年前に亡くなっている。

病弱な父であった。

本来四千石の旗本であれば、小普請組などという閑職にはついていない。

石高三千石以上の者の非役は、寄合衆に入るのが通常であった。

それが、寄合衆より下級職の小普請組であったのは、死んだ采女の父信敏(のぶとし)が、何か不始末をしてのしくじり格下げか、一年以上病(やまい)で職をこなすことができなかった病気格下げかのどちらかである。

義央のひきたてがあれば、小普請組よりもっと上の役につくことも可能であろう。

「婿殿よ……」

義央は、あらたまった口調で、また采女に声をかけた。

「はい」

「そなたに、もうひとつ、伝えておかねばならぬことがある」

「何でしょう」

「阿久里のことじゃ」

「は⁉」

「可愛がってやってくれ……」

義央が、采女を見すえながら言った。

「はい」

「あれは、子供の頃より病気がちな子でな……」

「病気がち？」

言われても、采女には、にわかには信じられなかった。

歳は、采女よりふたつ若い十九歳である。

肌の色艶（いろつや）もいいし、すでに知っているその肌の感触も若々しい。

とても、義央の言う〝病気がち〟のようには見えない。

「それだけが、不憫（ふびん）でな。どうか、あれを可愛がってやってくれ……」

義央は、采女の前で頭を下げ、畳に両手を突いていた。

四

阿久里の肌は、父義央の血をひいているためか、白かった。

義央の肌が白いと言っても、それは男としてはということであり、女の肌とはまた比ぶべくもない。

しかし、阿久里の肌は、女としてさえ白い。それも、ただ白いというのではない。透明感があるのだ。

「まるで、鱠残魚（キス）の身のようだ……」

采女は、思わずそういう感想を洩らした。

まだ生きている鱠残魚を押さえて、その身にすうっと包丁の刃を差し込んで切る。それを、指で開いた時の身の色だ。

白くて、しかも透明感がある。

焼いたりして熱を加えると、鱠残魚の身はただの白になってしまうのだが、熱が加えられる前は、向こうが透けて見えそうな透明感があるのである。

その鱠残魚の身に似ていると、采女は思っているのである。

「鱠残魚って、お魚じゃありませんか」

采女の感想を聴いて、阿久里は笑った。

よく笑う女であった。

自分のことを魚にたとえられても、腹をたてない。

笑う時は、ころころと鈴を転がすようにして笑う。

明るい。

父の信敏が死んで以来、暗くなりがちであった屋敷の雰囲気が明るくなってきた。

「阿久里さま」

「御不自由はございませぬか」

兼松伴太夫も、佐々山十郎兵衛も、用事と称しては、阿久里に声をかけてくる。

それまで頻繁に出かけていた采女の釣りが、月に三度ほどになってしまったくらいである。

「釣りは、そんなにおもしろうございまするか——」

阿久里が、采女に訊ねる。

「ああ、おもしろい」

「どこがでござりましょう?」

どこがと、そう問われても、采女にはすぐに答えることができない。

「釣れた時にな、手元に伝わってくる魚の動きがな、あれがどうにもたまらぬのだ」

そう言ってから、

「いや、釣れた時もさることながら、釣れぬ釣れぬと、言うておる時もな、それなりにおもしろいのだ」

そう言い加える。

「竿を握っている時、魚が掛かっている時、この時ばかりは浮き世のあれこれも忘れてしまう——」

「そんなにおもしろいのなら、女のわたくしにもできましょうか」

「できる」

「では、今度、おともさせてくださりませ」

「よいとも」

これまでに、何度かそういう会話をしている。

たわいのない会話だ。

しかし、それも、永久にかなわぬ願いとなった。

十一月に入って、ふいに阿久里が倒れたのである。

采女が阿久里と一緒になってからのしばらくが、采女の生涯を通じての一番充実した日々であったろう。

しかし、それも、たった三月(みつき)ほどしか続かなかった。

その日、采女は釣りに出た。

「ゆくか」

阿久里に声をかけた。

「ゆきたいのですが……」

ゆけないと阿久里は言うのである。

「少し熱っぽくて――」

「ならば家で休んでいるのがいい」

そう言って、采女は、阿久里を残して釣り船に乗ったのである。

それで、采女がもどってきたら、待っていたのが、阿久里が倒れたという知らせであった。

「阿久里さまが、お倒れになられました」

屋敷に残してきた川名信安が、采女をむかえてそう言った。

「なんだって!?」

阿久里が熱っぽいと言っていたのは、本当のことだ。

いつもの阿久里とは少し様子が違うとは、采女もわかっていた。

それを、あえて釣りに出かけたのは、たいしたことはあるまいと考えていたからである。

熱っぽい――

と、そううったえている時も、阿久里は微笑を浮かべていたのである。

とても、倒れるとは思えなかった。

が、倒れた。

「お台所でございます」

川名信安が、采女に告げた。

采女が出かけて、しばらくは阿久里も元気そうであった。

ところが、昼を過ぎたあたりで、それまで立って働いていた阿久里が、ふいに頭を抱えてそこにうずくまってしまったというのである。

そのまま別室に運んで、今度は蒲団の中で眠っていると信安は言うのである。

〝病気がちな子でな〟

その時になってはじめて、采女は吉良義央の言葉を思い出したのであった。

翌日になっても、阿久里は起き上がることができなかった。

さすがに心配になって、実家の吉良家に知らせをやった。

すると、すぐに吉良家から人がやってきて、阿久里を実家に連れていってしまったのである。

むろん、これは采女の了解を得てからのことである。

阿久里は、実家の吉良家で療養することになった。

そして、翌年――

この年の八月に、阿久里はこの世を去ってしまったのである。

采女との新婚生活は、わずかに十二ヵ月しかなかったことになる。しかも、ふたりで暮らしたのは、たったの三ヵ月間（みつき）で、あとの九ヵ月はずっと阿久里は吉良家で療養していたのである。

しかも、阿久里が吉良家でこの世を去ったその時、采女は海の上であった。

釣りをしていたのである。

陸（おか）へもどったら、船つき場に信安が立っていて、

「奥方さまが、お亡くなりになられました」

采女にそう告げたのである。

采女が、その言葉を理解するためには、もう一度その言葉を聴く必要があった。

「阿久里様が、吉良様のお屋敷で、お亡くなりになられました……」

沈痛な声で、信安は采女に告げた。

采女は、すぐに吉良屋敷に駆けつけた。

そこで、采女は阿久里の屍体と対面した。

阿久里の顔は、やつれていたが、肌に色はまだ白かった。

その唇は、まだ、笑っているようにも見えた。

しかし、どのように見えても、阿久里が死んだというその事実は動かない。

采女は、言葉もなく、膝を折って、阿久里の屍体の傍から動かなかった。

時に、貞享五年八月——

この年の九月三十日、時代は元禄と名を変え、新しい価値観の時代がここに始まろうとしていたのである。

巻の五　水怪（すいかい）

一

　昼から、酒を飲んでいる。

　多賀朝湖（たがちょうこ）と其角（きかく）。

　どちらも手酌である。

　ぬる燗（かん）にした酒を猪口（ちょこ）にちまちまと注ぎながら、箸（はし）で肴（さかな）をつまんでいる。

　六畳間だが、床の間があって、軸も掛かっている。

　酒の匂いの他に、部屋には、つんとした酸味の強い匂いが満ちていた。何かが腐ったような匂いだ。

　大津屋（おおつや）の二階——

「たまらねえなア、其角よう」

　箸で肴をつまみながら、朝湖が、それを口の中に放り込む。

「なかなか――」

　其角は、猪口の酒を干して、空になった猪口に、また酒を注ぎ込む。

「この匂いが駄目で、こいつを味わえねえ野郎がいるってのが信じられねえ」

　朝湖は、いい機嫌になっている。

「でえぶ昔に近江(おうみ)でこいつを喰ったことがあるが、まさか、そんときゃあ、これを江戸で喰えるようになるたあ、思ってもみなかったぜ」

　朝湖と其角が、酒の肴(あて)につまんでいるのは、鮒寿司(フナずし)である。

　もともとは、琵琶湖周辺の料理だ。

　春頃に、卵を持った鮒をとり、この腹を裂いて、卵巣だけを残してワタを捨てる。

　それを塩漬けにして一年。これを洗って、次はその腹に飯を詰め込み、樽(たる)に漬け込んでさらに一年。

　場合によっては酒を入れたり、米麴(こめこうじ)を入れたりもする。

　それで、ようやく鮒寿司ができあがる。

　熟(な)れ寿司の一種だ。

腐りはしないが、発酵して、癖のある強い臭気を発する。

「身や卵だけじゃあねえ、こうやって、漬けてあるとろけた飯もうめえのさ」

朝湖は、とろけた飯をつまんで、それも口の中に入れる。

日本橋にある大津屋。

「紀伊国屋の旦那にゃあ、結構な所を教せえてもらったもんだ」

朝湖が、ちびりと猪口の酒をすする。

「ところで、こいつは、どういう趣向なんです？」

其角が、床の間の軸を見やった。

描かれているのは、恵比寿である。

本来であれば、右手に釣り竿を持ち、左手に鯛を抱いているところだが、この絵の恵比寿はちょっと違う。

竿も鯛も、横に放り出されたように転がっていて、恵比寿はその右手に包丁を握って料理をしているのである。

俎板の上にのっているのは、大鰻である。

俎板の上で、大鰻が暴れている。頭は恵比寿の顔よりも高いところにあって、まるで、大鰻は、天に向かって宙を昇って逃げ出そうとしているようだ。

その頸(くび)のあたりを恵比寿の左手が摑(つか)んでいるのだが、その指の間からさらに上へと大鰻は逃げてゆく。

すでに、鰻の腹は半分裂かれていて、そこから、黄金(こがね)の粒が、ばらばらと下にこぼれ落ちている――

そういう図であった。

筆がおおらかに躍っていて、どこか滑稽味(こっけいみ)もある。

もちろん、朝湖の手であった。

この部屋へ案内されるなり、朝湖は持ってきたこの軸を出して、床の間に掛けたのである。

実のところ、さっきから、其角はこの軸のことが気になっていたのである。

「なら、謎解きだ。どうでえ、其角、こいつがどういうもんかわかるかい」

朝湖は、子供っぽい眼つきになって、其角を見た。

「わからねえと言っちまうんじゃ、野暮だ。ここは、間違っても絵解きをしなきゃあならねえとこだねえ」

と、其角は絵を見ながら腕を組み、

「この恵比寿さんだが、紀伊国屋の旦那に似ちゃあいませんか」

朝湖にそう言った。

「当たり」

「なら、この鰻から出てるのは見た通りの黄金の粒だ。音羽の清光庵(せいこうあん)でやる、〝釣り合わせ〟をしゃれて絵にしたもんだね。」

「いや、その通りだ。てえしたもんだ。さすがは天下の其角先生だ」

「からかっちゃあいけねえや。その面(つら)ァ、まだその先があるって言ってますぜ」

「確かにあるよ」

「何です？」

其角が訊ねた時に、階段を上がってくる足音がして、

「大津屋でござります。お邪魔してよろしゅうござりますか」

襖(ふすま)の向こうから声が響いた。

「ああ、かまわねえよ」

朝湖が言うと、襖が開いて、五十歳をわずかにまわったあたりと思われる男が、腰をかがめて入ってきた。

「朝湖様、ごぶさたで――」

両手を畳について、男は深々と頭を下げた。

「久しぶりにさ、鮒寿司を食わせてもらいに来たんだよう。何しろ、江戸じゃあ、こいつを喰わせてくれるのはここっきりだ」

「おそれいります」

顔をあげた男に、

「大津屋さん、こいつは、俺らの悪戯仲間の宝井其角だよ」

そう言った。

「大津屋にございます」

男――大津屋は、また、畳に両手をついて、深々と頭を下げた。

「お名前は、以前より存じあげております」

大津屋八兵衛――もともとは、近江の人間で、父親の代で江戸へ出てきた。

この日本橋で小料理屋を始めたのが、二十年余りも昔のことであった。

十年前に父親の伝兵衛が他界し、八兵衛が後を継いだ。

何か、大津屋らしいものを出せないかと考えて、鮒寿司を出すようになった。

匂いが強く、味も独特である。

しかし、これが思いの外売れた。

ただこの味を珍らしがるだけでなく、この味でなければ駄目だという客も出てきた。

そういう客のひとりが、紀伊国屋である。

その紀伊国屋が、朝湖にこの大津屋を紹介したのである。

「おかげさまで、繁昌(はんじょう)しております。」

大津屋は、また、頭を下げた。

「たしか、お国では、ニゴロブナを使ってるんじゃあ――」

其角が訊ねた。

「へい、その通りで――」

「しかし、こいつは――」

「お察しの通り、ゲンゴロウブナにございます」

ゲンゴロウブナ――漢字では源五郎鮒と書く。

今日の通りのよい名で呼べば、篦鮒(ヘラブナ)のことだ。

このゲンゴロウブナに似ている鮒ということで、ニゴロブナという名がついた。

「ゲンゴロウブナとはいえ、しかし、江戸じゃあ、程度のいい鮒を揃(そろ)えるのはてえへんだろう」

これは、猪口を手にしながら、朝湖が訊ねた。

「鮒屋さんから仕入れさせていただいております」

「あそこかい。そう言やあ、何年前だったか、主人が亡くなったんじゃあなかったかい」

「へえ、鮒屋さんとは父伝兵衛の頃からのおつきあいで。先代の忠左衛門さんが亡くなられて、今は息子の市郎兵衛さんが後を継いでおられます。そこは、あたしのところと同じで――」

言った八兵衛は、床の間に眼をやって、

「音羽の釣り合わせのおりは、あたしもよらせていただきます」

「へえ。大津屋さんも竿を出すのかえ」

「いいえ、あたしは顔を出させていただくだけで――」

八兵衛は、首を左右に振った。

「餌に黄金の粒を混ぜて鯉に喰わせ、そいつを客に釣らせようってえ寸法だ。くだらねえと言やあ、くだらねえ趣向だねえ――」

「とんでもない。あたしも、紀伊国屋さんにはあやかりたいくらいで――」

「くだらねえが、そのくだらねえところが、俺らは気に入ってるんだ」

「おもしろいお方でございます」

大津屋は、頭を下げ、

「では、ごゆっくり」

そう言って立ちあがった。

「適当なところで、熱い茶をもらえるかい。最後に、こいつを茶漬けにしてかっ込みてえ――」

「承知いたしました」

また頭を下げ、大津屋は出ていった。

大津屋の足音が階下へ消えたところで、

「さて、続きだ」

朝湖が其角に言った。

「絵解きの？」

「そうだ」

おもしろそうに、朝湖は其角を見つめている。

凝っと絵を見やっていた其角は、

「鰻だね、兄さん」

確信をもって言った。

「紀伊国屋さんの趣向に合わせるんなら、こいつは鯉になるところだ。そいつが鰻になってるとこが味噌だろう」

「いいところだ」

朝湖はうなずき、

「その先は？」

訊ねてきた。

「わからねえ。鰻の喉のとこへちらっと出ているのは、鰻針だ。あれが絵解きの鍵だろう。しかし、そいつが解けねえ」

「全部わからねえか、おめえさんでも――」

「わからねえか、おめえさんでも――」

「全部わかられちまったんじゃあ、おもしろかあないだろう――」

「そりゃあ、そうだ」

「兄さんの講釈する楽しみをとっちまうことになる」

「降参するかい」

「するよ」

其角が言うと、朝湖はにいっと笑った。

「教せえてやる」

「何です？」

「清光庵だが、あれがもともとどういうとこだったかは知ってるんだろう」

「麦飯屋だろう。麦飯屋にしちゃあ、庭も建物も立派で、池が広かった。たいそう繁昌していたってえ話だが、十年ほど前(めえ)に、ふっつりと商売(しょうべえ)をやめちまった。で、そのままんなってたのを、昨年、紀伊国屋の旦那が買ったんじゃあなかったのかい」

「その通りだよう」

「それが、どうしたんだい」

「だから、そのことさ、どうして、麦飯屋をやってたのが、しかも繁昌してたのに、ふっつりと店をたたんじまったのかってえことだ――」

「知らないねえ」

「なるほど知らなかったか。知らなかったんじゃあ、さすがの其角先生も絵解きのしようがねえ――」

「だから兄さん、そいつを教えてくんなよ。もう、だいぶもったいぶって楽しんだろう――」

「わかった」

朝湖はうなずき、身を乗り出して、

「鰻だ」

声を低めてそう言った。

二

「地獄針(じごくばり)ってえのを知ってるかい？」

朝湖が訊ねた。

「鰻を釣る時に使う、鉤(はり)のことでしょう」

「そうだ」

「鰻掻きもいいが、近ごろじゃあ、地獄針で穴釣りが流行(はや)ってる……」

「で、この釣りに使う地獄針だが、普通の釣り鉤のように曲がってねえ。直(すぐ)のものを使う。それも、鉄じゃあなく、竹の針だ」

悪事の相談をする時のように、ふたりの声は低くなっている。

鰻の穴釣りは、長さ一寸から一寸半ほどの竹の針を使う。

この針の中央を、糸で縛る。

その糸を、節を抜いた竹竿の先から中を通し、手元で外に出す。竹竿といっても、長くはなく、先も細いわけではない。竹の棒という方が近い。

この竹棒の先にある直の針に、蚯蚓（ミミズ）を刺して付ける。

川に入って、川岸の石垣の間、あるいは石の間——鰻がいそうな穴の中に、針に蚯蚓の付いた棒の先を差し込むのだ。

じわり、じわりと、穴の中に棒を差し込んでやると、鰻がいれば、ほどなく魚信（アタリ）がある。

もぞりもぞりと鰻が蚯蚓を食べはじめるが、ここであわせてはいけない。逆に、糸を伸ばして餌を送り込んでやる。

鰻が充分に餌を呑み込んだところで、糸を引けば、鰻の喉から腹にまっ直に入っていた針が横向きに立って、内側から刺さって針先が外へ突き出てくる。

これで鰻は逃げられない。

穴から鰻を引き出す。

魚籠（びく）へ入れ、頸のあたりから外へ突き出ている針先をつまんで引っぱれば、抜けて針を回収することができる。

普通の、返しのある鉤では、鰻が呑み込んでしまうと、こうはいかない。

鰻は、餌を丸呑みに呑み込むからだ。

しかし、人で言えば、食道を突き破って針が外へ突き出ることになる。口の端に引っかける釣りと違って、残酷である。掛かれば、絶対にはずれない。

そのことから、別名、鰻針が〝地獄針〟と呼ばれているのである。

「その麦飯屋の主人だがよ。鰻の穴釣りが好きだったっていうんだよ。それこそ、仕事もおっぽり出して、毎日のように行っていたらしい——」

「そいつあ、知らなかった」

「でな、この麦飯屋に、ある時、ひとりの坊主が客としてやってきた……」

「それで？」

其角が訊ねると、朝湖は、猪口に残っていた酒を干し、それで口を湿らしてからしゃべり始めた。

「年の頃なら、七十、八十……」

旅の老僧であった。

老僧は、麦飯を注文し、まず、一人前をたいらげた。

「うまいのう、うまいのう……」

そう言いながら、もう一人前を注文し、さらに、三人前、四人前をたいらげたところで主人を呼んだ。

「御主人」

と、その老僧は言った。

「聴くところによれば、そなた、鰻の穴釣りがたいそう好きであるそうな」

「へえ。それがもう、毎日行っても飽きねえくらいで――」

「それはいけません」

老僧は、厳格な口調で言った。

「殺生(せっしょう)はよくない。無益に殺生いたさば、死んで地獄に落ちまするぞ」

老僧は言う。

漁師が、方便(たつき)の道として、魚を捕り、これを殺すのは仕方がない。

しかしおまえは、楽しみで殺生している。

見れば、店は繁昌し、こちらの方でそこそこの収入もあって、わざわざ生き物を殺生せずとも充分に生きてゆける身である。

何故に、殺生をするのか。

それに、鰻の穴釣りはたいへんに残酷なる釣りである。

鰻の苦しみを思うたら、これより穴釣りはやめることじゃ。

このようなことを、老僧は主人に諄々(じゅんじゅん)と説いたというのである。

老僧の、主人を見る眸(め)が怖かった。

その晔が、左右いずれも一度としてまたたかない。

「へい、わかりました」

と主人は神妙にうなずいた。

「くれぐれも、くれぐれも――」

そう言いながら、老僧は店を出ていった。

その時は、主人も本当にそう思った。

鰻の穴釣りをやめようと――

しかし、やめられなかった。

ひと晩寝て、翌日になってみると、けろりと昨日のことは忘れて、また、道具を抱えて穴釣りに出てしまった。

ところが、さっぱりその日は鰻が釣れない。

もうやめて帰ろうかという時に、掛かった。

穴に差し込んだ竿が、引き込まれた。

「待て、ちくしょう」

夢中で竿を引き、ようやく鰻を穴から引きずり出した。

六尺に余る歳経た大鰻であった。

これ一尾で、三日分、五日分だ。

胴は大人の脚ほども太く、重い。

意気揚々としてもどり、さっそくこの大鰻をさばいた。

すると――

鰻の腹から出てきたものを見て、主人の髪が、根元から立ちあがった。

その大鰻の腹の中には、麦飯がぎっしりと詰まっていたというのである。

「うへえ」

其角が声をあげた。

「そりゃあ、本当の話なんですかい？」

「噂だ」

「噂？」

「そのことがあって、主人は麦飯屋をやめてしまったということだな」

「なるほどねえ、それで鰻ですか」

「紀伊国屋の旦那の場合は麦飯じゃあねえ、黄金を喰わせてそいつを釣りあげて、黄金を腹から取り出す」

「今度はそれを鯉でやるってえわけだ。そりゃあ、麦飯屋の主人どころの騒ぎじゃあねえ。また、坊主が出てくるんじゃあねえんですか——」

「それが、出てくるんだよ」

真顔で、朝湖が言った。

「どこにです」

「清光庵の池にだよう」

清光庵——買いとった麦飯屋の店に改装を加えて、紀伊国屋がそう名を付けたのだ。

五日後に、そこで〝釣り合わせ〟が行なわれる。

紀伊国屋文左衛門(ぶんざえもん)が考えた趣向である。

客たちに竿を持たせ、紅白に分けて池の鯉を釣らせる。釣ってもよいのは、各自一尾のみ。

釣った鯉をその場で料理人が捌(さば)いて、料理をつくる。

その時に、鯉の腹から取り出した黄金の粒の数をそれぞれかぞえて、合計し、数の多い組の勝ちとなる。

鯉の腹から出てきた黄金の粒は、それを釣った人間のものとなる。

その時に、茶会も開かれることになっており、そこで掛ける軸を、紀伊国屋から朝湖が頼まれていたのである。

その絵が、今、床の間に掛かっている恵比寿と鰻の図であった。

「だからよ、ことによったら、この釣り合わせが流れるかもしれねえんだよ」

「そりゃまたなんで」

「今言ったろう。妙なもんが、あの池に出やがるんだ」

「妙なもんってのは何です？」

「それがわからねえから、妙なもんって言ってるんじゃあねえか——」

「へえ」

「出会った者は、小坊主だと言っているがな」

「小坊主？」

「まあ、聴けよ、其角——」

そう言って、また、朝湖はその話を始めたのであった。

三

最初にそれに気がついたのは、松吉と八十吉という、紀伊国屋の手代である。

ふたりの仕事は、清光庵の使用人部屋に寝泊まりして、〝釣り合わせ〟の日まで、鯉の見張りをすることであった。

すでに、池の鯉の腹の中には、黄金の粒が入っている。

池の底にも、鯉が食べそこねた――あるいは糞(ふん)としてひり出した黄金の粒が落ちている。

もとより、そのことを知るのは身内だけであり、身内でも、知る者はそれほど多くはない。

それでも、誰(たれ)かよからぬ心を持った者の耳に、この話は届いているかもしれない。

それで、松吉と八十吉が、清光庵に寝泊まりすることになったのである。

昼間は、庭の手入れや掃除をし、夜は、寝る前と夜半に、池と屋敷内を見回ることになっている。

二日に一度は、紀伊国屋本人が顔を出し、件(くだん)の餌を鯉に与えてゆく。

十日前の朝――

起きて、池の周囲を見回っていた松吉が、池際に植えられている松の樹の根元に落ちているものに気がついたのだ。

「これは!?」

鯉の死骸であった。

死骸といっても、頭の一部と骨の一部、そして尾の一部が残っているだけのものだ。

周囲の草の上には、血の跡まである。

草の中に、点々と落ちているのは、鯉のはらわたにまみれた黄金の粒であった。

松吉は、八十吉を現場に呼んだが、人数がふたりになったからといって、何かがわかるというものでもない。

鳶か、あるいは、川鵜や鷺が入って、鯉を捕え、それを食していったか。

人ではない。

人ならば、わざわざ、鯉の腹から出てきた黄金の粒を残していったりはしない。

では、何なのか。

一日中池を見張ったが、何事もない。

夜には、きちんと見回りもしている。

で、朝になって調べてみると、池の近くに鯉が落ちている。

今度は頭だけ。

昨日の死骸はかたづけてあるので、昨日の鯉の死骸と同じものではあり得ない。

草の中には、黄金の粒が落ちている。

そういうことが、三日続いた。

昼は、一日中、庭と池を見ている。

夜は、一度、龕灯（がんどう）を持って見回るだけだ。

何かおこっているとしたら、夜である。

松吉と八十吉は、寝ずの番をすることにした。

暮れ六ツが過ぎて、あたりが暗くなる。

龕灯に灯りを入れておくと、何者かが寄ってこないかもしれないので、わざと灯りは点（つ）けずにおいた。

夜が更けて、月がのぼった。

月明りに、ぼんやりと庭が見てとれる。

池の面（おもて）に、月光が光っている。

と——

がさり、
と音がした。

がさり、
がさり、
何者かが、草を分けて地を這（は）う音だ。

〝来た〟
松吉と八十吉は、緊張して身をこわばらせた。
どこから、その音が近づいてくるのか。
わからない。
灯りを点ける用意をした。
いつでも、龕灯の蠟燭（ろうそく）に火を点すことができる。
その時、
ばしゃり、
と、水音がした。
水の面に映っていた月のかたちが崩れ、光だけがそこできらきらと躍っている。
何者かが、池の中に飛び込んだのだ。
この時、松吉と八十吉——ふたりの心を捕えていたのは恐怖である。
「火を——」
「早く——」
もう、池を見ていない。
慌てて火を点け、龕灯の灯りを向けた。

しかし、池の対岸である。

蠟燭の灯りでは、いかほどの効果もない。

だが、月明りに、それが見えた。

対岸の草の中から、何かがぬうっと立ちあがったのである。

「わあっ」

と、松吉が声をあげた。

「出やがった」

八十吉がおめいた。

「小坊主だ」

「魚を咥えてる」

「笑ったぞ」

声をあげているうちに、気がついたら、もう、小坊主の姿は消えていたというのである。

四

「まあ、そういうことがあったってえわけだよ、其角――」

話し終えて、朝湖は厚い唇の端に笑みを浮かべた。

「なるほどねえ、それが奇妙なことってえわけだ」

其角は、言いながら自分でうなずいた。

「で、どうなったんです？」

「どうもなりゃしねえよ。そのまんまだ」

「そのまんま？」

「みんなも、恐がってな、夜の見回りはもうしてねえ」

「魚は？」

「朝んなると、岸に同じように落ちてる」

「へえ……」

何か思案するように、其角が腕を組んだところへ――

「どうでえ、其角よう――」

「何です？」

「行くかい」

「行く？」

「今夜だよう。紀伊国屋の旦那にゃあ、もう話は済ませてあるんだ。俺らたちで、清光庵に出かけていって、その小坊主を捕まえてやろうじゃあねえか――」

「そりゃあ、おもしれえ。しかし、行く以上は、兄さんにゃ、何かの算段があるってえこったろう」

「多少はな」

「なら、その算段を見物に行きやしょう」

「酒を用意してな」

朝湖は、ふてぶてしい笑みを浮かべてうなずいていた。

五

酒を飲んでいる。

母屋の濡れ縁の隅だ。

濡れ縁の上に、盆が置かれ、その上にちろりと猪口が置いてある。

肴は、大津屋から持ってきた鮒寿司である。

朝湖と、其角。

そして、もうひとり——六十五歳くらいの老人が一緒である。

朝湖と其角が、清光庵に着くと、もうそこにこの老人がいたのである。

この老人が、どうやら、朝湖のいう〝算段〟であるらしい。

「次郎兵衛(じろべえ)にございます」

老人が、頭を下げた。

「亀戸(かめいど)村の漁師だよう」

朝湖が、其角に老人を紹介した。

次郎兵衛は、肩から、網を下げていた。

よく見れば、細い絹糸で編まれた投網(とあみ)である。

「それは?」

其角が訊ねると、

「そいつは、この後のお楽しみだ。今、話をしちまったら、おもしろくもなんともねえや——」

朝湖が言った。

「なら、今日は、朝湖兄さんの趣向を、ゆっくり楽しませてもらいましょう」

「次郎兵衛は、亀戸界隈じゃあ、ちったあ知られた投網の名人だよう。十五尺と言やあ、十五尺、三尺と言やあ三尺、二尺と言やあ二尺——きっちりその大きさに、投げた網を開くことができる」

「へえ」

「それだけじゃねえ、四角くも、細長くも、丸くも、三角にも、網を広げることができるんだよう」

「そいつあ、凄(すげ)えや」

それが、まだ陽の暮れる前であった。

すでに陽は沈んでおり、月がようやく軒からこぼれ落ちてきたところであった。

次郎兵衛は、口数が少ない。

黙って酒を口に運ぶ。

朝湖と其角も、ぼそりぼそりと、低い声で短い会話をするだけだ。

満月に近い月が、中天に来た。

「そろそろか……」

朝湖がつぶやいて、いくらもしないうちに、
がさり、
がさり、
と、話にあった通り、草を分ける音が響いてきた。

ばしゃり、
と水音がして、水面の月が乱れた。

「行きやしょう」

すでに、次郎兵衛は、投網を持って立ちあがっている。

次郎兵衛は、素足のまま、音もなく庭に降りた。

岸を、ひたひたと歩いてゆく。

その後に、朝湖と其角が続く。

次郎兵衛は、もう、立ち止まっている。

水面が、盛んに乱れているあたりを眼で睨みながら、投網を肩に掛け、ひと息吸いこんでから、

「せいっ」

投網が、月光の中にぱあっと広がって、

ざん、
水しぶきをあげて着水した。

その投網の中で、何かが暴れていた。

鯉より大きく、そして、動きも激しい。

次郎兵衛が、投網をしぼりながら、岸に引き寄せてくる。

すでに、それは、投網にからまって、自由な動きがとれなくなっていた。

「見ねえ、こいつが、小坊主の正体だよ——」

朝湖が、灯の入った龕灯を持って、引きよせられた網の中を照らした。

網の中で、黒い獣が暴れていた。

「怖がってやがるから、こいつが立ちあがった時、小坊主に見えたんだろうよ」

「だろうな」

其角がうなずく。

「半月ほど前に、大雨が降って、神田川があふれた。この池の水は、神田川から引き込んでる。おおかた、上流から流されてきたこいつが、何かのかげんで、この池に入り込み、棲みついたんだろうよ」

網の中に入っていたもの。

それは、一頭の川獺(かわうそ)であった。

夜が明けて、調べてみれば、母屋から見て池の対岸にある稲荷(いなり)の祠(ほこら)の床下の土に穴が掘られていて、川獺は、どうやらそこを塒(ねぐら)にしていたらしい。

「ま、こいつのおかげで、ひと晩はたいくつはしなかった」

釣り合わせで、ひとしきり見物された後、川獺は、神田川にまた放された。

巻の六　釣心

一

波に力がある。

船縁（ふなべり）にぶつかってくる波にも、船を揺すりあげる波にも、不思議な力がこもっているように感じられるのは、夏が近づいているからだろうか。

いや、波自体は常とかわりはないのだが、夏が近くなっているのを知っているため、波の動きにもいつにない力強さを、心の方が勝手に感じとっているのかもしれない。

早朝――

海から眺める江戸の街には、朝の陽光の中で、萌え出した緑が溢（あふ）れている。

西本願寺の大屋根も、泡のような様々な色合いの緑の中に浮いて見える。

もっと左には、泉岳寺の屋根も見え、西には富士の山も見えていた。北に、佃島があり、その上に浮かんだ綿のような雲が、ふたつ、みっつ、青い空をゆっくり東へ動いている。

大川の流れが押し出してきた大川澪に船は停まっている。ちょうど、黒鯛洲との境目あたりだ。

周囲には、ぽつり、ぽつりと、釣りをしている船が浮かんでいる。

どこの船がたいているのか、飯の煮える匂いが塩の香に混ざって届いてくる。

　ほのぼのと朝飯匂ふ根釣りかな

其角の句である。

「おおっと、またきやがった」

多賀朝湖が、右手に握った竿を立てた。

竿先が、右に左に動いている。

「こりゃあ、大物だ。こいつはたまらねえ。染吉姐さん、お囃子を頼むぜえ」

朝湖の台詞が終らないうちに、船の中に、賑やかに三味線の音が響きはじめた。

「おお、それ、それ」

朝湖が、腰を浮かせ、尻を振りながら、魚を引き寄せてくる。

船の上で、手拍子が始まった。

「そらきた」

朝湖が、魚を抜きあげる。

両手を開いたほどの大きさの、鱠残魚(キス)があがってきた。

青鱠残魚ではない。

鱠残魚(シロギス)である。

釣りあげられた鱠残魚(シロギス)を手で握り、鉤(はり)をはずしたのは、宝井其角(たからいきかく)であった。

「兄(あに)さん、こいつのどこが大物だい」

左手に持った鱠残魚(シロギス)を、其角は、みんなに見えるように持ちあげてみせた。

其角の言う通りであった。

ここらあたりでは普通に釣れる大きさの鱠残魚(シロギス)であり、大物というほどのものではない。

「俺(おい)らの人(にん)の尺に合わせたんだ。だから、大きく見えるんだよう」

朝湖は、自らを、小物であると言っているのである。自分が小物であるから、小さな魚でも大物に見えてしまうのだという理由である。

「なら、ふみの屋さん、その大物をめしあがりましょう」

そう言ったのは、紀伊国屋文左衛門(きのくにやぶんざえもん)である。

「はいはい、それではこの隠居爺いがいただきますよ」

答えたのは、船の中央に腰を据えているふみの屋であった。

白髪、白髯(はくぜん)、見るからに好々爺(こうこうや)といった風情の老人であった。

ふみの屋というのは通り名で、本名は朝湖も其角もわからない。文左衛門は知っているらしいが、朝湖が訊ねてもはぐらかすだけである。

ふみの屋本人は、自分のことを、いつも〝隠居爺い〟と言っている。

朝湖も其角も、この老人とは何度も顔を合わせている。

最初に顔を見たのは、四年前の夏——深川八幡の祭礼の日、沙魚(ハゼ)釣りで鉤勝負をやった時だった。

つい昨年、清光庵でやった釣り合わせにも、ふみの屋は顔を出している。

いつも、ひとりかふたり、〝若い者〟を連れてやってきているが、色々と人を見てきている朝湖にも、どういう人間か見当つきかねる。

「では——」

と前に出てきて、其角の手から鱠残魚(シロギス)を受け取ったのは、助左(すけざ)と呼ばれている〝若い者〟であった。

「お願いいたします」

助左は、軽く身を乗り出して、その鱠残魚(シロギス)を、艫(とも)の方にいる船頭の岩崎長太夫(いわさきちょうだゆう)に渡した。

「ハイよ」

長太夫は、もともとは水戸藩の能太夫であった。

釣り好きが高じて、早くに隠居して、船頭の真似事をするようになったのが、この長太夫である。

長太夫は、艫に置いたまな板の上で、鱠残魚(シロギス)を左手で押さえ、右手に握った出刃包丁で頭を落とし、腸(わた)を取り出してあっという間に開いてしまった。

あざやかな手つきであった。

腸を海に放り投げると、空を飛んでいたカモメが舞い下りてきて、その腸をさらってゆく。

長太夫は、まな板をざぶりと海水につけ、手でひと撫でした。それだけで、もう、まな板がきれいになっている。

陽光が、知らぬ間に高くなってゆく。

紀伊国屋文左衛門が、特別に仕立てた屋形船であった。

普通のものより大きく造ってあり、中には畳が敷かれ、七輪もふたつ持ち込まれている。

ここで、長太夫が釣った魚を焼いたりてんぷらに揚げたりしてくれるのである。

紀伊国屋が、深川から呼んだ、芸者の染吉、北八も、三味線を抱えて乗り込んでいる。

酒も充分な用意があって、朝湖と其角は、さっきから竿を握っているよりも、猪口(ちょこ)を手にしている方が多い。

「おやおや、わたしにもきたようですよ」

其角の横にいた仁左衛門(にざえもん)が、竿を立てた。

竿先が、二度、三度、くいくいっと動いて、ふいにおとなしくなった。

「おおっと」

竿を持ちあげると、海の中から、あがってきたのは、鉤とその先に付いたわずかばかりの川蚯蚓(ミミズ)であった。

「こいつはいけねえや、仁左衛門さん。食い逃げだ」

朝湖が蚯蚓の頭だけがくっついている鉤をつまんで言った。

「あちゃあ」

「合わせるのが、早かったんだ。さっきも言ったように、魚信（アタ）ってからひとつ、ふたつ、みっつと、頭の中で数えて、それから合わせりゃいいんだ」

朝湖が餌箱から川蚯蚓を出して、その鉤に付けようとすると——

「いや、朝湖さん、わたしはもう充分遊ばせていただきました。もう、みっつも釣らせていただきましたのでね」

「本当にいいのかい」

「わたしにゃ、どうも、こっちよりも——」

と、仁左衛門は右手で竿を握る仕種をしてから、

「こっちの方がいいようで」

網を投げる格好をした。

「仁左衛門さんのお得意は、網だったんでしたっけね」

紀伊国屋が、横から言った。

「本当は、投げるよりも、こっちの方が専門なんでございますよ」

仁左衛門は、今度は網を編む仕種をした。

「髪を結ってるうちに、こっちを結んだり編んだりする方がおもしろくなってしまいましてねえ」

髪を結ってる――というのは、もともと、仁左衛門は、赤坂で髪結いを仕事にしていたからである。

網を打ったり、張ったりして魚を獲るのが好きで、その好きが高じて、いつの間にか自分で編むようになってしまった。この網の評判がよかった。

特に絹糸で編んだ刺し網が極上品で、漁師がわざわざ、金を払って仁左衛門の網を買いに来たりする。

川獺を捕えた次郎兵衛の投網も、この仁左衛門が編んだものだ。次郎兵衛も、網は自分で作っていたのだが、歳をとって眼が悪くなり、だんだんと網を自分で作るのが億劫になってきた時に仁左衛門の網のことを知り、以来、自分で編むことはせず、仁左衛門の網を使うようになったのである。

今年、六十四になるらしい。髪結いの仕事は、もう十五年以上昔にやめていて、今は、どこからか金が入るのか、赤坂で、気楽な隠居暮らしである。

やっているのは、暇にあかせて、頼まれた網を編むことくらいである。

紀伊国屋文左衛門と次郎兵衛とは、以前から、投網で獲った魚をもらったり、買ったりする仲で、その次郎兵衛を通じて、仁左衛門と紀伊国屋は知り合ったのである。

もともと、次郎兵衛を知っていたのは、朝湖であった。

鯉（こい）の絵を頼まれて描く時に、その鯉を大量に調達してくれたのが、次郎兵衛であった。

その鯉の絵を朝湖に依頼したのが、五年前、殿中で殺された堀田正俊（ほったまさとし）である。

屋敷の襖絵（ふすまえ）に、

「鯉百尾が泳ぐ姿を描いて欲しい」

と言ったのが堀田正俊であった。

鯉百尾となると、現物を見ずに、いきなり描くには無理がある。そこで、鯉百尾を実際に用意し、池に放して、まずそれを写生することにした。その生きた鯉百尾を調達してくれる人物を捜して、ようやく尋ねあてた人物が、次郎兵衛であったのである。

「なら、わたしが、その竿をいただきましょう」

仁左衛門が船縁に掛けた竿を、其角が手にとった。

「まあ、今のうちだぜ、其角よう。せいぜい今のうちに、釣っておくこった。そのうちに、こそこそお天道（てんと）さまから隠れて釣りをせにゃならなくなる日がくるかもしれねえからな」

　朝湖が言った。

「この大物、おいしゅうございますよ、朝湖先生――」

　むこうから、ふみの屋の隠居爺いが声をかけてきた。

揚がったばかりの、さっき朝湖が釣った鱠残魚（シロギス）のてんぷらを食べながら、ふみの屋が朝湖を見ている。

「そのくらいの大物なら、いくらでも釣ってやらあ」

「ところで、今、何と言っておりましたかな、朝湖先生――」

「今？」

「そのうちに、隠れて釣りをするとかなんとか？」

「今の御政道のことだよう」

「ほう」

　ふみの屋が口を動かしながら、箸を膳（ぜん）の上に置いた。

「生類憐（しょうるいあわれ）みだかなんだか知らねえが、そのうちに、人間さまより、魚や章魚（たこ）が、いばって往来を歩くようになるだろうってことだよう」

「そりゃあ、いけません」

「だろう。誰か、あの阿呆（あほう）に意見してくれるような奴はいねえのかい」

「あの阿呆、と言いますと?」

「将軍様だよう」

朝湖がそこまで言った時、

「朝湖先生、少しお口が過ぎますよ。そこまで言わなくとも――」

文左衛門がとりなすように言った。

「おや、紀伊国屋の旦那、今日はばかに弱気じゃございませんか。どっか、身体の具合でも悪いんじゃありませんか」

「どこも悪かあない。悪いのはこの面ぐらいさ」

朝湖に向かってそう言いながら、文左衛門は、ふみの屋と眼を合わせ、頭を掻いた。

「まあ、よろしいじゃありませんか。もう少し、朝湖先生のお話をうかがわせていただきましょう」

鷹揚な声で、ふみの屋は言った。

「でえてえ、人はよ、ものを食わなきゃあ、生きちゃいけねえ。人だけじゃあねえ、どんな生き物だって、他の生き物の命を啖って生きてるんだ。そうじゃあねえ生き物がいるかい」

朝湖は言った。

「確かにな、犬っころだろうが、鳥だろうが、生きてるものの命をでえじにするってなあいいことだ。しかし、人間さまが作る法が、人の命より犬や馬の命を大事にするようになっちゃあ、お終えってこった――」

「もっともじゃ……」

ふみの屋が、小さく顎を引いてうなずいた。

「ふみの屋さん、話せるじゃあないか――」

「あれはなあ、ちと頭が固いのじゃ」

「あれ？」

問われたふみの屋は、笑って、

「将軍様のことじゃ」

そう言いなおした。

「朝湖先生に、少し絵や釣りでも手ほどきされれば、あの頭も、多少は柔こうなるであろうになあ――」

「俺らは、釣りよりも、叩いて柔こうしてやりてえ」

朝湖が言うと、船内に、どっと笑い声があがった。

二

「釣れませぬな」

そう言ったのは、兼松伴太夫（かねまつともだゆう）である。

津軽采女（つがるうねめ）は答えない。

黙って、糸が潜り込んでいる海面を見つめている。

うねりの下側に、黒い岩の塊り（かたまり）のようなものが、折り重なって沈んでいるのが見えていた。

江戸根の上に船を停めて、竿を出している。

夜明けと共に海に出て、じきに昼になろうというのに、まだ、鯛は釣れてこない。

采女が黒ガラをふたつ、伴太夫がひとつ釣っただけである。

竿を出してすぐのことであり、

「これはなかなかさいさきがよい」

「いずれ鯛も釣れましょう」

采女と伴太夫は、まだ元気な声で、そういう言葉を交しあうゆとりもあった。

鯛をねらってやってきたのである。

餌は車海老を使っている。

黒ガラを、それぞれが釣った後も、ほどよく魚信があった。鉤掛かりこそしなかったが、そこそこには、緊張が持続していたのである。

しかし、やがて、潮が止まると、さっぱり釣れなくなった。

魚信までもが、ぱったりやんでしまったのである。

「じきに、潮も動き出しますれば、大鯛の一枚や二枚、釣りあげられましょう」

艫に腰を下ろして、のんびり煙管をふかしているのは、芝の伝兵衛である。

伝兵衛は、ふたりのやりとりを耳にしていないかのように、ゆらりゆらりと上下する船の上から、江戸の街の上に顔を出した富士を眺めている。

江戸浦には、幾つもの釣り船が浮かんでいる。

むこうの方に、大きな屋形船が浮いていて、そこから三味線の音や、人の笑い声が、風に乗って届いてくる。

「釣れぬ釣りも釣りじゃ。釣れぬからといって、じたばたせずともよい……」

海に向かって、口の中に入れておいた小石をひとつずつ落とすように、采女はつぶやいた。

釣れぬ釣りは、自分との対話である。

糸を下ろしているのは、海の底ではなく、自分の心の底だ。

考えるともなく、考える。

思うともなく、思う。

心の動きや思うことが、そのまま水の面に映り、揺れ、流れてゆく。

妻の阿久里（あぐり）が昨年亡くなってから、また釣りに出る回数が増えた。

気がまぎれるのは、釣りをしている時だけだ。

江戸根――

江戸城の石垣になるはずだった石が、船の下に沈んでいる。

根の一番上のところまで、およそ、二尋半（ふたひろ）――あとは、場所によってまちまちである。

手釣りをするのもいいが、このくらいの深さなら、竿を使うのがおもしろい。

しかし、魚は掛かってこない。

婿（むこ）殿よ――

吉良上野介義央（きらこうずけのすけよしなか）の声が、耳の奥にまだ残っている。

昨日、義央の屋敷に呼ばれて、采女はこの義理の父と会っている。

庭の葉桜を眺めながら、采女は義央とふたりで対面した。

采女は、出されていた茶を、ひと口だけすすった。

義央は、話の最中に、何度となく湯呑みに手をやり、それを口に運んだ。

「婿殿よ、よう参られた……」

その最初のひと言を言うまでに、義央は、茶で二度も唇を湿していた。

「このところ、よう、釣りに出かけておられるそうな――」

義央は、采女の眼を見ようとしない。

「はい」

采女は、ただうなずいた。

「そうか――」

義央は、采女から視線をそらせたまま、そうつぶやいた。

沈黙があって、義央は、その沈黙を、また茶をすすることで埋めた。

茶を飲み終え、

「よほど、釣りがお好きらしい」

義央が訊ねてきた。

「はい」

采女はうなずくより他はない。

ここで、采女は、ようやくあることに気がついた。

どうやら、義央は、采女が釣りに出かけることについて、なんらかの責任を感じているらしい。

小普請組ながら、四千石——

そこそこに金はある。

ただ、することがない。

それで、釣りに行っているのではないか。

次女の阿久里を嫁がせたものの、すぐに阿久里はこの世を去った。

阿久里が病気がちで身体の弱かったことは、義央も充分にわかっていた。それを承知で、嫁にやったのだ。

武家の嫁と言えば、まず第一に、子を生さねばならない。その家の子を産むことが、武家に嫁した者に課せられた仕事であった。

その子を産まぬまま、阿久里は、病でこの世を去った。

身体が弱い、病気がちであることを承知で嫁がせてしまった——その負い目が、義央にはあるらしい。

采女の釣りにゆく回数が増えているのは、その反動であろうと、義央は考えているらしかった。

「案ずることはない」

義央は、自らに、言いきかせるように言った。

「はい？」

「あの約束は、まだ、覚えておるということじゃ」

「何のことでござりましょう」

「いずれ、婿殿が、釣りにゆかずともすむようにはからうつもりでおるということじゃ——」

「——」

「この義央が、そなたを、必ず、出世させてみせるということじゃ」

義央は言った。

「娘の阿久里は世を去ったが、そなたと、この義央の縁が切れたのではない。もう、我らは他人ではないのだ。父と子ぞ——」

義央のその言葉に、ふいをつかれて、采女は思わず涙をこぼしそうになった。

義央は、采女の父信敏（のぶとし）とあまりかわらぬ年齢である。采女は父のことを思い出して、目頭を熱くしたのである。

「今日は、それを言いたかったのじゃ」

義央は、これまで隠してきたことを、ようやくしゃべることができたというように、ほっと息を吐いた。

律義で人情に厚く、好人物——それが、吉良上野介であった。

最初こそとっつきにくかった義央であったが、この頃は、采女もそれがよくわかってきた。

むしろ阿久里が亡くなってからの方が、義央との情は深まっている。

「ありがとうございます」

采女は、あらためて、義央に頭を下げていた。

それが、昨日のことだ。

義央の厚意が身に沁みた。

義央が、責任感のみで、自分をひきたてようとしているのではないことも、采女にはよくわかっている。

義央は、ほんとうに自分のことを息子と思っているのだ。義央は、心から采女のことを心配してくれているのである。

「男子の本懐は、釣りではないぞ」

帰り際に、義央からそう言われた。

「どんなにおもしろくとも、釣りは釣りじゃ。武士の家に生まれたからは、城勤めをして、御政道に関わる仕事をすることにある」

その言葉も、今、采女の心に残っている。

しかし——

それは、少し、違うのではないかと采女は思っている。

確かに、自分は、時間をもてあまして、竿を握っている。

竿を握っていれば、浮世のことは遠くなる。とくに、魚が掛かった時、他のこと全てが意識から消えてしまう。

ついつい、考えがちな、行く末のことや阿久里のことも、魚が掛かった時は、もう、どこへ行ってしまったかわからないようになる。義央が気にしているように、今、自分は、阿久里のことや義央のことを、あれこれ考えているが、これは、考えようとして考えているのではない。心が勝手に考えてしまうことを、考えているだけなのだ。

うまく言えないが、自分の本体は、あれこれ考えている自分を、一歩退がったところから眺めているのである。想いは、川の流れや、潮の流れの如くに、勝手に生じて勝手に流れてゆく。自分は、その流れを眺めているだけなのだ。

ただの自然の心の動きにすぎない。

自分はそれを、わずらわしいとも、苦痛とも思っていないのだ。

「いずれ、後添をもらわれよ」

義央はそうも言った。

「しかし、後添をもらってももらわぬでも、この義央が父であることは、かわりない」

義央のことを、どうやら自分は好いているらしいとも、采女は思っている。

もしも、阿久里との間に子供でも生まれていれば、これは間違いなく義央の孫であり、阿久里がいなくても、義父と婿という絆は強くなる。だが、阿久里との間に子は生まれなかった。

にも拘わらず、阿久里の死によって、義父義央と自分の関係は、深まったのではないか。

波が、船を揺すりあげて、また、下ろす。

風が、しきりと頰に当たっている。

海中に、糸が伸びているのが見える。

錘が、ごつり、ごつりと、海底の根にぶつかるのがわかる。

糸を通じて、竿を握った手に、それが届いてくるのである。

船が、波に持ちあげられると、錘が根から離れ、波とともに下がると、ごつりとまた根にぶつかる。

その間が心地よい。

自分はこれが好きなのだ。

竿を握って、魚の掛かるのを待っている時間――

魚が、掛かった瞬間も、その後のやりとりも、魚がぐいぐいと竿を海中に引き込んでゆくあの力を感じていることも、みんな好きなのだ。

もしかしたら、一尾も釣れないという、そういう結果まで含めて、自分は釣りというものが好きなのであろう。

確かに、釣りに出て、海の上で、こうして竿を握っていれば、癒される。

だが、だから、釣りにゆくのではない。

癒されたり、世の中のうさを忘れるというのは、それは釣りの結果であって、その結果を求めて釣りに出るのではない。

釣りにゆくというのは――

釣りが好きだからだ。

釣りが好きだから、釣りに行って癒される。しかし、その癒しを得るために竿を握るのではない。

かといって、目の下一尺の鯛が釣れればそれでよいのかというと、そういうことでもない。

何故、釣りにゆくのか、なぜ釣りが好きなのかというのは、うまく言葉にできない。

何故だろう。

采女は、そんなことを考えている。

何故だろう。

どうして、人は釣りにゆくのか。

その問いは、問いとして、采女にとっては根本的すぎた。

何故、人は食べるのか、あるいは、人は何故生きるのか——采女にとって、釣りは、そういうものなのである。

「釣りが好きなのでござります」

昨日、義央と会ったおり、そう言っておけばよかったか。

自分の根っこはそこだ。

釣れたり、釣れなかったり、癒されたり癒されなかったり——そういうことは、皆、ただの、釣りに行ったことの結果であって、その結果を求めて釣りにゆくのではないのである。

そう言ったら、義央は何と答えるであろうか。

出世に興味はござりませぬ——

そういう台詞と同じように、義央には聴こえるであろうか。

目の下一尺の鯛を釣る、それもいいが、たとえ、釣れなくとも、城勤めよりはこうして竿を出している方がずっといい。

城勤めで、良い仕事をすることよりも、釣れない釣りの方がまだましであると、采女はそう思っている。

その時——

竿を握った手元に、ごつんごつんと魚信があり、合わせた瞬間に、采女は、もう、それまで自分が何を考えていたか、どういう心持ちでいたか、そういうことが皆、消し飛んでしまった。

「き、きた!」

采女は声をあげていた。

竿が、伸されそうになった。

もう、竿に伝わってくる感触以外に、采女にはどういう興味もない。

竿だけ。

魚の掛かった瞬間からの采女と、それまでの采女とは、もう、別人であった。

この天地と、ただひとりで向かいあっている。宇宙と自分とを繋いでいるのは、一本の竿と糸である。

後には、もう、何もない。

「竿を立てて」

横で、伴太夫が叫ぶ。

わかっている。

わかっているが、そうそうはうまくゆかないのが釣りである。

引く力の方が、腕の力よりもずっと強い。

無理やりに竿を立てようと踏ん張ったその時――

「あーっ」

采女の口から高い声が洩れた。

竿先が、上に向かって跳ねあがり、だらりとした糸が、風の中で揺らめいている。

仕掛けが、途中で切れていた。

「と……」

と、最初の言葉を口にして、いったん采女は大気を吸い込んでから、

「伴太夫——お、おまえが竿を立てろなどと言うから、だから切れたのじゃ」

「もうしわけござりませぬ」

ここはただ、伴太夫は謝まるだけであった。

もう、采女からは、さきほどまで考えていたことも何もかも、全てが消えていた。

「おまえがいかん、おまえが何も言わなければ、わたしは充分、自分であの魚を釣ることができたのだ」

今、采女は、この世で一番不幸な人間であった。

巻の七　密漁者

一

元禄二年（一六八九）四月十二日――

伊勢町にある其角の家の戸を、蹴破るようにして飛び込んできたのは、朝湖であった。

「いるか、其角」

其角の返事も待たずに、洗わぬままの素足であがり込み、地響きの如き音を立てて、廊下を歩いた。

其角は、障子を開けたまま、自室である六畳間に仰向けになって天井を見つめていた。

其角の足の先に文机がある。

その文机の上に、硯、筆、紙が載っているが、まだ、その紙には何も書かれてはいなかった。

そこへ、どたどたと足音が聞こえてきて、廊下に、朝湖が姿を現わした。

「起きろ、其角。もう昼は回ったぜ」

廊下から朝湖が声をかけた。

「兄さん、眠ってたわけじゃあない。横になって考えごとをしてたんだ――」

其角が、上体を起こす前に、朝湖はもう部屋の中に入り込んでいた。

「何を考えてたかあ知らねえが、どうせてえしたことじゃあるめえ」

朝湖が胡坐をかいて座すのと、其角が身を起こすのと、ほとんど同時であった。

自然に、ふたりは近い距離で向きあうこととなった。

「いえね、芭蕉先生に手紙を書くんで、気の利いた発句でもひとつと思っておりましたんで――」

其角は頭を掻きながら、そう言った。

「――で、三日前の、釣りのことでもと考えてたんですよ」

其角と朝湖の俳諧の師である松尾芭蕉は、半月前の三月二十七日、江戸を発って、今日言うところの〝奥の細道〟の旅に出ている。

「今、どのあたりなんだい」

「もう、日光は出たはずだと思います」

「大先生の西行狂いもてえしたもんだが……」

芭蕉は、平安の歌人、西行に心酔していたことで知られている。

西行の歌跡をたどる旅もしているし、この春からの陸奥への旅も、西行がらみといっていい。

西行は、その生涯で、二度に亘って陸奥へ旅をしているが、芭蕉もそれを意識している。

「ちょいとな、おめえが寝ころんでいる間に、てえへんなことがおこったんだよ」

朝湖は、荒く息を吐きながら言った。

「何です、そいつは?」

「昨日な、八兵衛がしょっぴかれたんだよう――」

「八兵衛!?」

「半月前に、鮒寿司を喰いに行ったろう。あの大津屋八兵衛だよう」

「そりゃあ、またどうして?」

「八兵衛が出していた鮒だがな、そいつがどうやら、御禁制の鮒だったらしい」

「御禁制!?」

「お城の、堀の鮒だったってえことだ」

「しょっぴかれたのは、九人。そん中にゃあ、三日前に、一緒に紀伊国屋(きのくにや)の旦那の船で遊んだ仁左衛門(にざえもん)も混じってるんだ」

「いったい、どうなってるんで――」

「知りてえのはこっちの方だよ。俺(おい)らもな、まだ詳しいことはわからねえ。おめえなら、なにか知ってることもあるかと思って顔を出したんだが、その面(つら)じゃあ、何も知らねえってことらしいな」

「知らねえ」

「わかってるのは、とうとうきやがったってえことだ。いよいよな」

その、〝とうとうきやがった〟というのが、何のことか、其角はわかっていた。

将軍綱吉(つなよし)の発令した生類憐(しょうるいあわれ)みのおふれが、とうとうここまで来たということであった。

二

世間が、この捕縛の事情を知ったのは、しばらくしてからであった。
『御仕置裁許帳』の「御曲輪之御堀ニて魚を取者之類幷網を拾者」という条に、次のようにある。

元禄二年巳四月十二日

壹人清兵衛　是ハ増上寺臺門前源兵衛店之者、右之清兵衛申候ハ、私義十四年以前御堀之鯉鮒を取申候、又右衛門足軽ひげ文右衛門手合ニて、ひけ善兵衛、元〆仁左衛門、やつこ覺右衛門私共ニ六人にて御座候、外ニ十左衛門と申者魚を取申候手合ニて御座候、鯉鮒取申候場所、山下御門之内鍋嶋前、虎之御門之左右數寄屋橋迄、溜池、赤坂御門之左右、志水御門之御堀、内櫻田御堀、右之所ニて五十間計之引網ニて鯉鮒取申候、錢拾貫文ニ賣申候、わけ口三貫文餘取申候、十五年以前より七八年以前迄、仁左衛門手合ニて參候へ共、金銀ハすくなく取申候、其後ハ不參候、地引網計ニて御座候、右之外同類無御

座候、

右之者、中根主税時分捕、爲致牢舎候、加籐平八郎方より相渡り候ニ付、遂僉議候處、右之通ニ候故、同巳五月十一日於牢屋死罪、

右之清兵衛女房、同巳五月十一日清兵衛家主増上寺臺門前源兵衛、五人組吉右衛門、利兵衛ニ預ケ置、同月十三日赦免、御構無之旨申渡之、清兵衛道具之分ハ欠所、

この後も、さらに記述は続き、大津屋八兵衛の名も、そこには出てくる。

おおよそ、次のようなことであった。

江戸城の堀や溜池の鯉(こい)や鮒を密漁し、それを売って商売していた組織が幾つかあって、それらが、今回、まとめて捕えられたというのである。

捕えられたのは、次の九人だ。

仁左衛門

石屋久兵衛

安左衛門

鮒屋市郎兵衛

元市郎兵衛の奉公人善兵衛
仁左衛門に使われていた清兵衛
久兵衛の仲間の勘兵衛
荒物屋五郎左衛門
大津屋八兵衛

密漁者として名前があがったのは十四名であったが、ある者はすでに死亡しており、ある者は行方が知れず、結局、九名が捕縛されることとなったのである。

このうちの、首謀者とでも言うべき人物が、仁左衛門であった。

なんと、この仁左衛門、四十年も以前から、江戸城の堀で鯉、鮒を密漁していたというのである。

密漁に使っていた網の長さは、大きなもので五十間（約九十メートル）から六十間——仁左衛門が絹糸で編んだものであった。

捕えられた清兵衛の語るところによれば、だいたい一回の密漁で、銭十貫文分（二両二分）ほどになり、自分は三貫文をもらったという。

安左衛門は次のように語った。

「使いましたるさし網は、糸細く、たいへんに優れたものでございまして、このようなものを作ることができる者、仁左衛門以外には世に稀でござりましょう」

魚を売った金のうち、三分の二は、仁左衛門と市郎兵衛で分け、残った三分の一を、他の者たちで分けたという。

鮒屋は、父の忠左衛門の代から密漁の魚をあつかっており、忠左衛門はすでに他界していたため、息子の市郎兵衛のみの捕縛となった。

そもそもは、三十年前、仁左衛門が堀で密漁した魚を忠左衛門が闇で買いとり、これを売ったのがきっかけとなった。

忠左衛門と、息子の市郎兵衛が、仁左衛門に声をかけ、次々と仲間を誘って、組織的な密漁をするようになっていったのである。

三

「どうにかならねえもんなんですか、旦那――」

そう言ったのは、朝湖である。

「これが、なかなか、難しゅうてな……」

答えたのは、紀伊国屋文左衛門であった。

朝湖は、口をへの字に結び、文左衛門を睨んでいる。

朝湖の横では、其角が同様の顔をして、文左衛門の次の言葉を待っている。

場所は、文左衛門の屋敷の中にある茶室、柑子庵である。

まだ、昼前だ。

半刻ほど前に、朝湖と其角が文左衛門の元を訪れ、文左衛門が、ふたりをこの茶室に通したのである。

いるのは、三人だけだ。

他の人間の姿はない、
炉の上にかけられた釜からは、さっきからしきりと湯の滾る音が聞こえている。

広さは、二畳半台目。

点前の炉先に中柱が立っている。

その向こう半畳との間いっぱいに板が嵌め込まれ、この下側が大きく刳り抜かれている。

点前座とその先半畳の西側の窓の外に、紫竹が詰め打ちになっている。

織田有楽の建てた如庵の意匠を真似て、文左衛門が、屋敷内に建てた茶室であった。

ただ、違っているのは、柱や板、天井にいたるまで、あらゆるところに金箔を張ってあるところだ。

外側からはただ茶室としてしか見えないが、中へ入ると黄金の光に包まれる。

「なるほど、このやまぶき色で、柑子庵てえわけですね」

初めて、ここを見せられた朝湖はそう言って嗤った。

「えげつねえ趣味だが、そこんところの下品さがまた何とも言えねえ」

其角もまた、師匠の芭蕉が聴いたら、腹を立てそうなことを言って、この趣向をおもしろがった。

しかし、今は、その時の能天気な空気はない。

江戸城の堀でやった密漁の件で捕えられた九人が、いずれも死罪になりそうだという噂を耳にして、朝湖と其角が、文左衛門のところへ相談にやってきたのである。

「わたしもね、色々手を尽くしてさぐりを入れたのですがね、どうも、死罪ということは動かしようがない……」

紀伊国屋は、弱り果てたような口調で言った。

「九人のうち、大津屋さんだけは、鮒の出どころを知らなかったようですがね――」

文左衛門は言った。

「あたしらも、噂じゃ、そう耳にしていますが、旦那はどこから？」

朝湖が訊いた。

「牢の中の、仁左衛門さんからだよ」

「話をしなすったんですか」

「いいや」

文左衛門は、首を左右に振った。

「こちらから、牢の中の仁左衛門に手紙を届け、返事を受けとったんだよ」

「そんなことが、できたんで?」

「牢番に金を渡してね。そのくらいのことなら、わたしもできるからね」

「で?」

「仁左衛門は、罪を認めている。確かに自分や他の仲間は、堀で魚を獲ったとね。大津屋八兵衛にもその魚を売っていた。しかし、大津屋さんは、自分が買った魚がどこで獲ったものなのか、そんなことは何も知らなかったろうと、仁左衛門は言っているんだよ。渡している魚が、どこの鮒か、一度も言ったことはないとね——」

「俺らも、おまきさんから、そう聞いてるよ——」

朝湖は言った。

おまき、というのは、八兵衛の女房で、今は牢にこそ入れられていないが、七歳になる娘のきいとともに、新右衛門町の九左衛門宅に預け置かれている。

朝湖は、そこへおまきを訪ねていって、話を聞いてきたのだと、文左衛門に言った。

「紀伊国屋の旦那、旦那は、昨年将軍様の側用人になった、柳沢保明さまとは、懇意になさってるんじゃありませんか」

柳沢保明――これから十二年後、元禄十四年（一七〇一）に、将軍綱吉の名を一字もらって、柳沢吉保を名乗ることとなる人物である。

上野国館林藩士柳沢安忠の末子として、万治元年（一六五八）に生まれた。

当時館林藩主をつとめていた綱吉に、側小姓として仕えていたことがきっかけとなり、元禄二年のこの時には、禄高一万二千石の大名となっている。

「実は、その筋から話を入れたんですがね。なんとか、八兵衛だけでも罪を軽くしてもらえませぬかとね――」

「で？」

「駄目でした……」

「何故なんで。柳沢様なら、そのくれえはなんとでもなるんじゃあねえんですか」

「それがな、たとえ知らなかったとはいえ、何年もの間、御禁制の鮒を喰わせて商売をしていたのは事実であろうと言うのですよ――」

「柳沢様が？」

「いいや、もっと上の御方じゃ……」

「将軍様ですか——」

そう言ったのは、其角である。

「綱吉様、並なみならぬお覚悟の御様子らしい——」

「このところの、生類憐みのお達示をゆき渡らせるための見せしめってえわけなんだろう」

朝湖がくやしそうに唇を噛んだ。

確かに、江戸城の堀での釣りや、網による捕獲は生類憐みのお触れの出る以前から禁じられている。

なにしろ、江戸城の堀と言えば、生類憐みの提唱者である将軍綱吉のお膝元である。

綱吉が、むきになるのはもっともであると言えた。

「実は、最後の頼みの綱が、ひとつござります……」

文左衛門が、声を低めて言った。

「何なんです、そいつは？」

朝湖が、組んでいた腕をほどいて訊いた。

「ある方に、文を書いて事情をお話しし、なんとかならぬものかとお頼みしておりま
す――」

「ある方？」

「はい」

「どなたなんです。柳沢様が動いて駄目だった話だ。いったいどういう伝でお願いし
てるんです」

朝湖の脳裏に、白髪の老人の顔が浮かんだ。

「ふみの屋さんですかい」

「それは、申しあげられません」

文左衛門は、口をつぐみ、首を左右に振った。

「まあ、誰だっていいんだ、なんとかなるんなら――」

朝湖は、憤懣のやり場がない様子で、また腕を組んだ。

「こいつは、本当にいけねえ。このまんまじゃ、本当に釣りさえできねえ世の中にな
っちまいそうだ……」

其角もまた、いきどおりを隠せぬ顔で、そう言った。

四

刑が執行されたのは、五月十一日のことであった。
捕えられた九人、全員が死罪となった。
全員が首を斬られ、三人が品川で獄門となり、その首をさらされた。
獄門になった三人は、仁左衛門、石屋久兵衛、安左衛門である。
獄門にこそならなかったものの、残りの六人も死罪ということでは同じであった。
その六人の中には、あの大津屋八兵衛も入っている。
これには、江戸中が震撼した。
津軽采女に、その知らせを持ってきたのは、兼松伴太夫であった。
采女は、自室に座して、竿の手入れをしているところであった。
長さ二間半の、繋ぎ竿である。
抜いて二本にすれば、それぞれが半分の長さになって、持ち運びに便利である。
繋ぎ口には、糸が巻かれ、そこに漆が塗られている。
竿を手に取って、采女は糠袋でそれを磨くように拭いているのである。拭けば拭くほど、竿の肌に艶が出て、なんとも言えない光沢を放つようになる。

采女の相手をしているのは、佐々山十郎兵衛であった。

「なかなか、御精が出ますな」

十郎兵衛は、竿を磨いている采女の前に座して、四方山の話の相手をしているのである。

代わりに自分が拭きましょう――

十郎兵衛がそう言っても、采女は竿を十郎兵衛の手に預けることをしない。竿に限らず、采女は、釣り道具の手入れはどれも自分でやっている。

無理に、それを他人がやろうとすると、

「わたしの楽しみを、おまえたちは奪おうというのか」

采女にそう言われてしまうのである。

「これも釣りじゃ」

十郎兵衛に精が出ると言われて、采女はそう答えた。

「それが、釣りでござりますか」

「海の上で、糸を垂れるばかりが釣りではない」

采女は、それまで手に持っていた手もとの方の竿を置いて、穂先の方を手に取った。

「こうして、竿を持って、拭いたり磨いたりするのも、釣りの楽しみのひとつじゃ」

日頃思っていることを、采女は口にした。

次は、どこへゆこうかと考えるのも釣りの楽しみのひとつであり、釣り道具をあれこれいじったり、撫でたりすることも釣りの楽しみのひとつであると采女は思っている。

道具を、自分で手入れしているからこそ、釣り場での楽しみがまた増すのであり、それがまた、道具の手入れをしている時の楽しみとなってかえってくるのである。

「むしろな、こうして、釣り場へ出かける前にこそ、釣りの本当の楽しみがあるのかもしれぬ」

「それはまだ、結果が出ておらぬからでござりますな」

「結果?」

「明日は、釣れるか釣れぬかわからぬ、そこがよろしいのでござりましょう。仮に、明日、何も釣れなかったとして、それが今のうちにわかってしまっては、いくら竿の手入れをしていても、楽しみは半減してしまうのではござりませぬか」

「それはそうじゃ」

采女は笑った。

「しかし、こうして、釣りにゆく前に、しっかりと竿を見ておけば、いざ、釣り場で大物を釣りあげて、竿を折ってしまうということも少なくなるであろう。あらかじめ、折れそうな竿はわかるからな」

「どんなに見ておいても、折れる時には折れるのではござりませぬか」

「それはそうじゃ。しかし、竿には、ただ見ただけではわからぬような裂け目や、虫喰いがあったりするものじゃ。波の上に出てしまえば、もう、一刻も早く竿を出したい一心で、ついつい、竿の傷を見たり、虫喰いを捜したりすることがおざなりになってしまうものじゃ。こうして、畳の上で、じっくり見ておくのが一番よい」

「そういうものでござりますか」

「うむ」

たわいのない話であった。

この穏やかな采女が、釣りの現場では、時おり、子供のように依怙地(えこじ)になる。

「采女さま」

十郎兵衛は、あらたまった口調で、采女に声をかけた。

「何じゃ」

「それがし、愚考いたしまするに、人とはどのような者でも、その裡(うち)に様々なる貌(かお)を持っておるものでござりまするな」

「うむ」

采女は、竿を置いてうなずく。

「人あたりがよいかと思えば、ある時にはわがままとなり、怒りっぽいかと思えば、妙に優しかったりする……」

「人とは、そういうものではないか」

「はい」

十郎兵衛はうなずき、

「しかし、そのような様々な貌のうち、どの貌が、その人間の本当の貌に近いのでござりましょうか――」

采女に問うた。

「はて――」

采女は、おもしろい謎をかけられた子供のように、首をひねってみせた。

「どの貌もみな、平等にその人物であるということではないのか――」

「そう言われてしまっては、その通りでござりますが――」

十郎兵衛は、そう言って采女を見た。

「考えがあるなら申してみよ、十郎兵衛――」

「それがし、思いまするに、釣りをいたしますおりにあらわれる貌こそが、その人物の本当の貌に一番近いのではござりませぬか」

「なるほど、言われてみれば、そうかもしれぬな」

なかなかうまいことを言う――

そういう眼で、采女は、十郎兵衛を見た。

「大きな魚を釣り逃がした時に、ついつい、おのれが出てしまうということがある……」

「はい」

「しばらく前にも、糸が切れて大物を逃がしたが、あの時は、思わず伴太夫にあたってしまった――そのおりのことを言うているのであろう――」

「いいえ、まさか、そのような」

十郎兵衛が、恐縮して頭を下げた。

「その時のことは、伴太夫から聞いてはおらぬのか」

「伴太夫の口からも耳にいたしましたが、一番、その時のことを口になさったのは、采女さまにござります」

「そうであったか」

「はい」

十郎兵衛が、笑みを含んだ口で言った。

「おりあらば、許せとわたしが言っていたと、伴太夫に伝えておいてくれぬか」

「はい」

十郎兵衛は、膝に両手を置き、頭を下げてから、

「竿の手入れをするのも釣りであるなら、今の采女さまのお貌が、本当の采女さまのお貌に一番近いということになりましょうか」

そう言った。

そこへ、廊下から足音が響いて、伴太夫がやってきたのである。

「失礼いたします」

部屋に入ってきて、十郎兵衛の横に座すなり、

「采女さま、お聴きおよびにござりましょうか——」

伴太夫は言った。

「何のことじゃ」

「先月、堀で鯉や鮒を網にてとり、捕えられた者たちのことでござります」

その話ならば、むろん、采女は知っている。

伴太夫、十郎兵衛とも、しばらくそのことばかりを話題にしていたことがある。

「本日、いずれも死罪となりました」

「なに!?」

「仁左衛門、石屋久兵衛、安左衛門は、品川で獄門となりました」

「なんと——」

采女は、そう言ったきり、言葉もない。

十郎兵衛は、言葉を発することさえできずに、

「むうう……」

低く唸(うな)っただけであった。

五

紀伊国屋文左衛門の屋敷の離れで、朝湖と其角は、文左衛門と顔を向き合わせていた。

行灯(あんどん)に灯が点されている。

酒と肴の用意があり、三人の前には、それぞれ膳が出されていたが、まだ、箸はつけられていなかった。

ただ、朝湖が、手酌で酒を口に運んでいる。

いやな沈黙が、しばらく続いている。

猪口の酒を、口の中に放り込み、

「どうにも、ならなかったんですかね、紀伊国屋の旦那――」

朝湖が、恨みがましい声で言った。

捕縛された九人がどうなったかを、朝湖と其角が知ったのは、昼を過ぎてからであった。

知ったその足で品川までゆき、獄門になってさらされている三人の首を見てきた。

むごい首であった。

知った顔の仁左衛門の首も、そうとわかっているから、他の首と見分けられるのであって、ただみっつの首を見せられたら、それが誰かなどは、とてもわかるものではなかった。

「行くぜ、其角よう」

そう言って、朝湖が其角を誘って品川まで出かけたのである。

「いやなものだろうが、見なくちゃいけねえ。見て、一生覚えとくんだ。忘れねえために見に行くんだぜえ」

朝湖は其角にそう言った。

首を見たその足で、文左衛門を訪ねたのである。

「どうにもならなかった……」

文左衛門は言った。

「どなたでしたっけ、あちらの方から手を回したのはどうだったんですかい」

「そちらも、駄目であったということだ」

文左衛門は、首を左右に振った。

「ちっ」

と、朝湖は舌を鳴らした。

「あちこちに顔が利いて、銭もしこたま持っていて――天下の紀伊国屋文左衛門でも、ままにならねえことがあるってえこってすか？」

「そういうことだ……」

「まさか、将軍様の面ア、銭ではたいたって言うこたあきかねえか……」

朝湖は、手酌で酒を猪口に注ぎ、それをまたひと息に呑んだ。

「其角よう……」

朝湖は言った。

「なんだい、兄さん」

其角の声が、今日は優しい。

「一度、将軍様の面をよう、泥足でおもいきり踏んづけてやりてえ……」

「おれもだ」

「行こうぜ、其角――」

朝湖は立ちあがった。

ふらりとよろけるのを、其角が立ちあがりながら支えた。

「今夜は、飲み明かしだ」

朝湖は紀伊国屋に、小さく頭を下げ、歩き出した。

紀伊国屋は、黙ってふたりを見送った。

朝湖と其角は、酒を買い込み、大川端へ出、そこで朝まで飲んだ。

したたかに飲み、二日酔いが一日増えて、三日酔いになった。

巻の八　側小姓

一

津軽采女が、五代将軍綱吉の側小姓となったのは、元禄三年（一六九〇）のことである。

これには、義父である吉良上野介の力が大きく働いていた。上野介は、自ら口にしたこと――采女を出世させてやるという約束を守ったのである。

その年の十一月二十三日、采女は召し出されて、まず、桐の間番という役が与えられた。この桐の間番というのは、綱吉自身によって新しく設けられた役職であった。

その桐の間番になって、九日目の十二月二日、采女は綱吉の側小姓の役職に就いている。

側小姓といえば、主君の側に仕えて、あれこれの雑務をこなしたり、話し相手となったりするのが役務である。時には相談相手ともなり、場合によっては、生命を賭して、主君を守らねばならぬこともある。

今をときめく勢いの、側用人柳沢保明もまた、綱吉の側小姓からその地位まで出世した人物であった。

何よりも、日本国の最高権力者である将軍綱吉と、直に話ができるということは、それだけでたいへんなことであった。

その側小姓に、采女が就いたのである。

もちろん、これは、吉良上野介義央が、一年余りもかけて根回しをし、あれこれ画策してようやくなったことであった。小普請組からいきなり側小姓というわけにもいかず、一度、新設の桐の間番に就かせてからというのも、吉良上野介らしい丁寧な仕事であった。

年が明けて、元禄四年(一六九一)の二月、采女は、挨拶のため、吉良邸を訪れている。

ほどなく三月になろうかという頃であり、すでに春の化粧は、江戸でも始まっており、吉良邸の庭の桜も、ふたつ、みっつと、蕾がほころびかけていた。

庭に面した座敷で、采女は上野介と向きあっている。

「立派になられましたな、婿殿——」

津軽采女は、この時二十五歳、立派な大人である。それでも、今回の職に就く前と今とでは、その顔つきが違っていた。ただ座していても、そこに風格のようなものが備わり、腰の重みも増したようであった。

「これで、ようやく、わしも肩の荷がひとつおりた……」

義央は、次女の阿久里を采女に嫁がせたものの、一緒に暮らしたのはほんの三ヵ月であり、病のため、阿久里はすぐに実家に帰ってしまった。結婚後、一年も経ずして、阿久里はこの世を去ってしまった。

そのことについて、この上野介は、ずっと心を痛めていたのである。

「なにもかも、義父上のおかげにござります——」

「いやいや、そなたあってのことじゃ。何をどう画策しようと、その人物に徳なくばどうしようもない」

と、この処世の術に長けた人物は言った。

確かに、采女は、これまで小普請組でこそあったが、弘前藩四万七千石の大名津軽家の分家の当主である。四千石の旗本だ。

将軍綱吉の側小姓として、家柄は悪くない。

さらに言えば、津軽家は、もともと文武の教育については、熱心な家であった。

采女の祖父は、信英と言ったが、この人物が、息子やその子たちについては、文学、兵法、剣術、槍術、弓馬、歌道――およそあらゆる芸について、徹底的に指導し、仕込んだのである。

采女も例外ではなかった。

加えて、采女の母の実家である宗家の弘前藩は、ちょうど第四代信政の時代で、この人物がまた芸道に心を砕いた君主であった。芸道と言っても、この頃は、今日のように歌舞や書画だけを指す言葉ではなかった。儒学、国学、数学、和歌、天文学、農学、俳諧、槍術、剣術、弓術、砲術、書、画、漆工、茶道、相撲、演劇――これらの全てが〝芸〟の中には含まれる。

信政は、全国から数百人に及ぶ、これら諸芸の達人、師を呼びよせ、彼らをして、藩の人間の教育、指導にあたらせたのである。

その教育を受けた者の中に、采女自身も入っていた。

采女は、文については、ひと通りの教育を身につけた教養人であり、武芸の道についても、秀でていたのである。

　これらのことを知った上で、義央は、娘の阿久里を采女に嫁がせたのである。阿久里の死に関係なく、もともと、義央は采女を城勤めさせて、出世させようという胆であった。

　教養に加えて、いざという時の武芸の心得まである——

　素材として、采女は、まさに、将軍の側小姓として、ぴったりの人材であったのである。

「そなたが、津軽で学ばなんだのは、釣りくらいであろうかな」

　ある時、義央は、采女にそう言ったことがある。

「だから、今、そのように釣りにはまっておるのじゃ」

　ともあれ、義央が、

〝そなたあってのことじゃ〟

　と言ったのは、あながち世辞ばかりでもなく、謙遜ばかりでもないのである。

　いずれにしろ、義央は、采女が城勤めとなり、側小姓となったのが、嬉しくてたまらないようであった。

「柳沢殿も、側小姓から始まって、今のようになられた。そなたも、心がけ次第では、いかようにも道は開けよう」

「これからも、おひき回しのこと、よろしくお願い申しあげます」

「そなたの亡き父上も、あの世で喜んでおいでのことであろう」

義央は、眼を細めた。

「ところで、義父上(ちちうえ)――」

「何じゃ」

「御相談したきことがございます」

「なんじゃ」

「お役目がらのことであり、小姓のわたくしが申しあげるべきことではないかもしれませぬが……」

「かまわぬ。申してみよ。いかようなことでも相談にのろうではないか――」

「上様のことにございます」

「ほう!?」

「先月のことでございます」

「先月?」

「正月でございますが、上様、上野の東叡山(とうえいざん)にお出かけになられたことがございました」

「うむ」

「その時に、奇態なることが起こったのでございます」

采女は語り始めた。

二

綱吉は、毎年正月に上野の東叡山に出かけている。

そこにある家光廟、家綱廟に詣でるためであった。

その正月にも、もちろん綱吉は出かけている。

側小姓である采女も、これに同道している。

円覚院に入り、そこで参詣のための装束に着替えることになる。着替えの間として定められているのは、東にある庫裡であった。

その着替えの間に入る前、

「さて、我らはお仕度ぞ」

同僚である他の側小姓役の者たちが、采女に声をかけてきた。

その仕度というのは、すでに別の間に用意されていた屏風を着替えの間に運んで立てることであった。

奇妙なことは、その屏風が幾つも用意されていたことである。全部で八双。その屏風は、いずれも、不動明王、如来、菩薩など、様々な仏が描かれたものばかりであった、しかも、異様であったのは、その屏風の全てが、着替えの間の西側に立てられたことであった。

石川四郎右衛門という同僚に、采女は訊ねている。

「石川様、こんなにたくさんの屏風を、お部屋の西側にばかり立てるのは、何のためでござりましょう」

采女が、その疑問を口にした途端、その場の空気が一変していた。

「しっ」

石川四郎右衛門が、息をひそめて采女に目で合図をした。

口をつぐめ――そういう目であった。

近づいてきた石川四郎右衛門は、采女の耳元に口をよせ、

「そのことは、ここでは口にしてはならぬ」

そう言った、

何故でございまするか——そういう問いを石川は許さなかった。

采女の次の言葉を封ずるように、

「その方が、ぬしのためぞ」

そう囁いて、もう、何事もなかったかのように、石川は屛風を開いて立てる作業にもどっていた。

他の者たちにも、明らかに采女の声は聞こえていたはずなのに、何も耳にしなかったかの如く、いずれも無関心を装っている。

それきり、采女は、屛風を幾つも着替えの間の西側に立てる理由について、口にできなくなってしまった。

綱吉は綱吉で、着替えの間にいる時は、妙に落ちつかず、采女には、おどおどしているようにさえ見えた。

綱吉が退出したおりに、素速く石川四郎右衛門が采女に寄ってきて、

「采女殿に、前もって話しておかなんだのは、我らの不覚じゃ——」

耳元でそう囁いた。

「よいか、采女殿、生類憐みのお触れのこともある。とくにここでは、たとえ蠅一匹、蚊の一匹でさえ、叩いて殺したりしてはならぬ」

「――」

「采女殿の前の小姓役は、頬にとまった蚊を一匹叩いて殺しただけで、役からはずされ、牢に入れられたのじゃ」

そう言った後、采女の問うのを避けるように、石川四郎右衛門は、すぐに向こうへ行ってしまったのであった。

三

「で、それがいかなる理由によるものであるのか、わたくし、未だにわからぬのでござります」

采女は言った。

「石川殿は、その後、そなたには何も教えてはくれなんだのか――」

義央が、采女に訊ねた。

「はい。これまでに、石川様には、おりを見て二度ほど東叡山でのことをお訊ねしたのですが――」

そのうち、教えよう。

いずれにせよ、また来年のことじゃ。

そうはぐらかされて、事の次第についてはまだ、采女は聞かされていない。

「なるほどのう」

「義父上なれば、このこと御存知であるかと思い、本日をよい機会かと思い、お訊ねしたのでございます」

「知っていると言えば、知っている。知らぬと言えば知らぬ——そういうところであろうか」

「は？」

「想像はつくが、真相のほどはわからぬからな」

「何なのでございます」

「このこと、まず、表立って、石川殿が、婿殿に教えてはくれまいよ。おそらくな——」

「何故でございます」

「余計(よけい)な失態をせぬよう、ほのめかしてはくれるであろうがな」

「——」

「このこと、婿殿が、教わらずとも察すべきことじゃ」

「どういうことでござりますか」

「城勤めをするとな、こういうこともあるということぞ。外へは伝わらぬ機微がある……」

「どうぞ、教え下さりませ、義父上。このこと知らぬために、何かの失態あれば、義父上にも申しわけが立ちませぬ」

言われた義央は、深く息を吸い込み、眼を閉じて腕を組んだ。

やがて、眼を開き、

「婿殿よ、そなた、東叡山円覚院にどなたが葬むられているか、知っておるか――」

東叡山には、家光廟があり、家綱廟がある。毎年正月の、綱吉の上野行きは、その廟に参詣するためであり、他にも徳川家にゆかりのある者の墓がある。

その名を、采女は幾つかあげた。

あげるたびに、義央は、首を小さく左右に振った。

「わかりませぬ」

采女は言った。

義央は、組んでいた腕をほどき、両手を膝に置き、

「堀田正俊様はどうじゃ」

そう言った。

「堀田様……」

むろん、采女も、堀田正俊の名は知っている。先の大老であり、七年前、貞享元年（一六八四）の八月、殿中で稲葉正休によって刺し殺され、円覚院に葬られたのではなかったか——

そこまで思い出して、采女は、

「あっ」

と声をあげた。

「おわかりか、婿殿よ」

「はい」

采女はうなずいた。

なるほど、そういうことであったか。

堀田正俊は、綱吉が将軍になる時に、功あった人物である。

もし、正俊なくば、五代将軍は有栖川宮になっていたところだ。綱吉にとっては大恩人であり、なにがあろうとないがしろにはできない相手である。

大老堀田正俊——大老と言えば、将軍に次ぐ、日本国にあっては二番目の権力者である。それが、己れに非のない事件で殺されたとなれば、その一族についてはそれなりのあつかいをせねばならない。ところが、正俊の死後、その一族に対してなされたのは、まったく逆の仕打ちであった。

正俊が死んだのが、貞享元年——まだその一周忌にもならない翌貞享二年六月、その跡を嗣いで十万石を領していた息子の正仲が、下総古河から、いきなり出羽山形への所替えを命ぜられてしまうのである。そして、その翌年には、さらに山形から陸奥福島に移されてしまったのだ。

正俊の甥の正親にいたっては、元禄元年（一六八八）に、所領一万三千石のうち八千石を召しあげられ、残った五千石は弟に与えられてしまったのである。

貞享三年十二月、堀田一族に対し、元日の御礼に登城するに及ばぬという旨が申し渡された。無官の者なみに、三日の登城でよいとのお達しであった。

貞享四年正月五日夜になってから、堀田正俊の神田の屋敷を翌日中に明け渡すよう命が下された。

それは、四年前の正月のことであり、それを耳にした時、采女自身も、何故ここまでするのかと思ったことがあったのである。

「あの噂、やはり本当のことだったのでござりましょうか——」

あの噂というのは、正俊の死の背後に、将軍綱吉の影があるという噂のことであった。

しかし、義央はうなずかない。

「そう言われておるということじゃ……」

低い声でそう言った。

そもそも、おかしかったのは、大老正俊が少老の稲葉石見守正休(いわみのかみ)に刺された時、真っ先に駆けつけたのが、大久保加賀守忠朝(おおくぼかがのかみただとも)、戸田山城守忠昌(とだやましろのかみただまさ)、阿部豊後守正武(あべぶんごのかみまさたけ)という時の老中である三人であったというのも奇妙なことであった。

しかも、この三人は、稲葉石見守を、そこで羽交い締めにして、何とその場で刺し殺してしまったのであった。

「そもそも、殿中で刃傷沙汰(にんじょうざた)を起こしたとあっては死罪はまぬがれぬが、それにしても、他にやりようはあったのではないか――」

この十年後、殿中松の廊下で、浅野内匠頭(あさのたくみのかみ)によって切りつけられ、似たような刃傷沙汰の一方の主人公となるべき人物は、溜息混じりにそう言った。

「婿殿にな、このことについては、ひとつ話しておかねばならぬことがある」

義央は言った。

「それは、どのような」

「これは、殿中に流れている噂じゃ。確かなことはわからぬが、少なくともそれを知っておくことは、お役目がら、必要なことであろう——」

義央は、さらに重ねて、

〝噂である〟

と前置きしてから、次のことを語り出したのであった。

四

『御当代記』によれば、それは、貞享二年十二月のことであったと記されている。

大老堀田正俊が刺殺された翌年のことである。

しばらく前に、綱吉が言い出して、上野円覚院に埋められていた正俊の屍骸の入っている石棺を掘り起こし、さらに七尺を掘って、より深い地中に埋めなおしたというのである。

というのも、この貞享二年の正月、綱吉が東叡山に参詣に出かけたおり、着替えの間で、ひどく怯えた様子で、

「堀田正俊を埋めたのはどこであったか——」

このように、近習の者に訊ねたというのである。

「これより、西にござります」

と近習の者が言うと、

「西はどちらじゃ」

と訊く。

「あちらにござります」

近習の者が、その方角を指差すと、

「そこに、屏風を立てよ」

と綱吉が言い出した。

〝何故か？〟

と問う者は、むろんいない。

言われた通りに、側小姓たちが屏風を持ってきて立てると、

「もう一枚じゃ」

と、綱吉が言う。

もう一枚用意して、一枚目と重ねて立てると、

「もう一枚」

綱吉が言う。

三枚目の屏風が用意され、それを立てると、まだ気に入らぬ様子で、

「もう一枚！」

綱吉が声を大きくした。

で、もう一枚、もう一枚と、全部で八双の屏風を立てた後、ようやく綱吉は、そこで着替えをした。

その着替えの最中も、まだ、綱吉はどこか怯えた様子であったというのである。

五

義央が語り終えると、

「さようなことがござりましたか――」

采女は、何事かが呑み込めたような顔でうなずいた。

「噂じゃ」

義央は、三度、念をおした。

「それで、わたくしにも、ひとつ腑に落ちたことがござります」

采女が言った。

「何じゃ」

「綱吉様が、円覚院よりおもどりになられてすぐ、その寝所の番に就いたことがござりました――」

その時の光景を思い出したように、采女は言った。

側小姓の仕事のひとつに、将軍の寝所の番がある。

将軍綱吉の眠る寝所の次の間で、寝ずの番をするのである。

采女もそれをした。

石川四郎右衛門が一緒であった。

次の間に控え、座していたところ、深更に、ふいに、呻く声が聞こえてきた。

綱吉の声であった。

悪夢にうなされているのか、ひどく苦しそうな声であった。

「石川様……」

低い声で、采女が石川の様子をうかがうと、

「放っておけ……」

低い声で、石川が囁いた。

「いつものことじゃ……」

しかし、采女にとっては、初めてのことである。

そのいつものこと、というのはどういう意味か。

「上野よりお帰りになられた後、しばらくはこうなのじゃ」

諭すように、石川は言った。

灯火が、ひとつだけ点されている。

その明りの中で見る石川の顔に、灯火の影が揺れて、何やらもの凄まじい。

その中で、綱吉の呻き声を聴いているのはなんともおそろしかった。

そのうちに、綱吉の呻く声はますます大きくなり、獣の唸るような声になった。

ついに、叫び出した。

「血まようたか！　血まようたか！　血まようたか！」

ここに至っては、石川も覚悟を決めた。

次の間に続く襖に向かって頭を下げ、

「失礼いたしまする」

御免——と言って、襖を開けた。

そこで、采女は見た。

この国の最高権力者である将軍綱吉が、夜具を撥ねのけ、仁王立ちになっている姿を。

幽鬼の如くに顔からは血の気が引いており、眼は窪み、その奥で眸だけがぎらぎらと光っている。

「上様、いかがあそばされました——」

石川が問うと、ようやく綱吉は我にかえったような表情となり、

「何でもない。悪い夢を見ただけじゃ……」

乾いた声で、そうつぶやいたのであった。

六

「そのようなことが……」

義央が、低く唸るような声でつぶやいた。義央も、これは初めて耳にすることらしかった。

「よいか、婿殿よ。これは決して他所では他言すまいぞ」

硬い声で、義央は言った。

「承知しております」

もとより、采女もそのつもりである。

義央は自分の後ろ楯(だて)であり、義央の推挙により、自分は側小姓にとりたてられたのだ。

義央には話しても、他の者には語るつもりはない。

「承知しております」

同じ言葉を繰り返しながら、綱吉の——この国のひどく深い闇の前に、自分が今立っているのだということを、采女は思った。

釣りがしたい——

と、ふいに采女は思った。

たまらなく釣りがしたかった。

何もかも忘れて舟で海に浮かび、竿(さお)を握りたかった。

そう言えば、もう、春鱠残魚(ギス)の時期ではないか。

舟を小さく揺すりあげる波——

潮の香り。

糸を伝わって手に届いてくる魚の感触。

何もかもが、遠い昔のことのようであった。

側小姓という、願っても叶わぬような役につけたのはいいが、自分はこのまま、釣りもできぬ人生を送ることになってしまうのか。

「婿殿よ……」

義央が言った。

「間違うでないぞ。間違わぬことじゃ。将棋であれば、良い手を指すことより、間違いの手を指さぬことを心がけることじゃ。さすれば——」

そこで、義央は言葉を切って、采女を見た。

「——さすれば、潮があげるがごとくに、自然と出世の道は開けてこよう」

自分に言い聴かせるように、義央は言った。

采女は、心の中で溜息をついた。

切なかった。

采女は、たまらなく、釣りがしたかった。

巻の九　無竿

一

四月――

采女は、おもしろくなさそうな顔で、庭を睨んでいる。

庭のひと隅には、躑躅が赤い花を咲かせ、風には、新緑が匂っている。桜の葉も、日ましにその色を濃くして、陽光を受けてきらきらと光っている。

濡れ縁に胡座をかき、風が桜の梢を揺する度に、采女は溜め息をつく。

「何か、気にかかることでもござりますか」

声をかけてきたのは、兼松伴太夫であった。

〝釣りにゆきたいのだ――〟

その言葉が、喉まで出かかった。

しかし、それを言っても、伴太夫が何と言うかはわかっている。

〝辛抱なされませ。今は、我慢が肝心の時にござりまするぞ〟

これまで、何度もその言葉を聴かされている。

采女は、黙っていた。

「釣り、でござりまするか」

逆に、伴太夫の方から、釣りの話を持ち出してきた。

「そうだ」

問われては、正直に答えるしかない。

「釣りにゆけないので、拗ねていらっしゃるのですか」

「拗ねてなどおらぬ」

采女は、ぶすっとした顔つきのまま言った。

「御辛抱なされませ」

「今日は、非番じゃ」

「非番であっても、竿を握るのはなりませぬ――」

「何故じゃ」

　采女の声が、少し大きくなった。

　将軍綱吉の側小姓となってから、今まで、ずっと竿を握っていないのだ。

　竿を握りたい。

　舟で海に浮かんで、手元にくるあの感触を味わいたい。舟縁を打つ波。揺れる舟。竿先をぎゅうと曲げてくる黒鯛の引き。

　釣りの中毒にでもなってしまったようであった。

　釣りができねば、呼吸すらおぼつかないような気がする。

「生類憐みのことはあるが、しかし、釣りまで禁じられているわけではない」

「それは、昨年までの采女様のこと。今は、将軍の側小姓というお役目にある身でござります。綱吉様のお傍に仕える者が、釣りとはいえ、生類の生命を殺めていたとあっては、後々の障りとなりましょう」

「堅いことを言うな。禁ぜられたらやめればよいではないか」

「なりませぬ」

　伴太夫は、そう言って、ひと呼吸入れ、

「よろしいですか。城中の御台所では、もうすでに六年前に、海老と貝を料理することが禁じられております。いずれ、釣りも禁じられることになりましょう――」

だから、今、釣っておけということではないのか——

采女はそう言おうとしたのだが、やめた。

「——その時に、側小姓の采女様が、釣りをやっていたというのでは、どうでございましょうか」

いつもの同じ話になってきた。

理屈はいい。

自分はただ釣りがしたいだけなのだ。

伴太夫の言葉を聴き流しながら、采女は、風に揺れる葉桜を見やった。

四月の陽光が、桜の枝が動くたびに、葉の上できらきらと躍る。まるで、海の面の水が光るようであった。

ふと、采女の脳裡に、あの晩の綱吉の姿が浮かんだ。

怯えた眸。

顔に浮いた汗。

額に張りついた髪。

荒く肩で呼吸しながら、

〝何でもない。悪い夢を見ただけじゃ……〟

そう言った時の声も、まだ、耳に残っている。

そして、上野での、あの一件――

今は、綱吉が、何故、あのように屛風を何重にも立てたかがわかる。

綱吉は、自分が将軍になるにあたって、功あった堀田正俊が、邪魔になったに違いない。大老となった堀田正俊が、政にあれこれ口を挟んできて、鬱陶しい。

それで、綱吉が謀って、堀田正俊を亡きものにしようとしたのである。

その時、動いたのが、大久保加賀守忠朝、戸田山城守忠昌、阿部豊後守正武の三人の老中である。三人が、稲葉石見守正休をそそのかし、殿中で堀田正俊を刺殺させたのである。

稲葉石見守正休には、その理由があった。

摂津の河川改修工事のおり、それを、稲葉石見守正休が、四万両で請け負うことになっていた。それを、正俊が、土木海運事業家の河村瑞賢にあらたに見積もりさせて、半額の二万両におさえてしまったのだ。

それは、城中の者なら、知らぬ者はない。

その意趣返しであろうと城内では噂された。

表向きは、『徳川実紀』が記す如くに、

〝少老稲葉石見守正休、発狂して、大老堀田筑前守正俊を刺したり〟

ということになっているが、実のところは、恨みがその根にあったのであろうということになっている。

しかし、さらにその裏があったということになる。

綱吉にとっては、表立っては堀田正俊を役からおろすことはできない。

そもそも、綱吉が将軍になったというのは、先の将軍家綱が死に際に、

「自分の跡継ぎは綱吉である」

と遺言したからである。

しかし、それを聴いたのは、堀田正俊ただひとりである。

他に、これを証明する者は、ただひとりとしていないのだ。

誰も、口にこそしないが、家綱の遺言は、正俊の捏造であろうと多くの者が思っている。

そもそも、家綱は、そのような遺言さえ残せるような状態ではなかったのだ。

もしも、綱吉が、正俊を左遷したりしようものなら、

「あの時の家綱様の御遺言は、自分がでっちあげたものにござります」

そのようなことを言いかねない。

それで、綱吉は、稲葉正休を利用して、正俊を亡きものにしたのだ。

その負い目が、あの屏風の一件となってあらわれたのであろう。

〝正俊は、この自分を恨んでいる〟

綱吉は、そう思っているに違いない。

正俊のその恨みがおそろしい。

それで、夜にうなされるのであろう。

もとより、想像である。これが真相であると、誰かが采女に話をしてくれたわけではない。しかし、城中で知った様々なことを繫ぎ合わせてゆくと、そういう場所に、考えが落ち着かざるを得ない。

綱吉に近い者や、城内の事情に通じている者は、あの刃傷沙汰について、そのように理解しているはずだ。

義父である吉良上野介義央も、それはわかっているのであろう。

だからこそ、あの晩の綱吉について、他言するなと忠告したのだろう。

誰もが口にしない、しかし、多くの者が知っている秘密——複雑怪奇な城中の闇を、自分はそこに立って見てしまったのだと、采女は思っている。

生類憐みというのも、悪法であろう。

鳥を殺したり、犬を殺しただけで、死罪になり、首を斬られ、獄門になるというのは、おそろしい世の中だと采女は思っている。その中心に、綱吉がいる。

しかし——

「あの方も、あれで、哀れな、おかわいそうな方なのであろう……」

采女は、声に出してつぶやいていた。

「どなたがおかわいそうなのでござりますか?」

采女が口にした言葉に驚いて、釣りをひかえよと説教していた伴太夫が、言葉を切って、そう問うてきた。

「いや、何でもない……」

采女は言った。

そう言うしかなかった。

まさか、将軍綱吉のことだと言うわけにもいかない。言えば、何故かと問われ、結局、言わなくてよいことまでしゃべるはめになりそうなのは、よくわかっている。

「何でもないのだ……」

采女は、もう一度言った。

二

その日——

昼の食事を済ませた綱吉が入ったのは、御座之間であった。

昼の食事が終れば、ひと通りの職務から解放されて、綱吉の自由時間となる。その頃あいを見計らって、柳沢保明が綱吉の機嫌をうかがいに来たのである。

綱吉は、保明と御座之間で対面した。

元禄四年（一六九一）のこの時、保明は三十四歳——采女より九つ歳が上であった。

柳沢保明は、綱吉がまだ将軍になる前、館林二十五万石の当主であったころ、小姓としてその側に仕えていた。もともとは、百六十石であったのが、将軍となった綱吉のひきたてによって出世し、元禄三年には二万石を与えられ、この時は側用人の職にあった。

「何用じゃ」

保明を迎えて、綱吉はそう言った。

綱吉の、機嫌のよいのが、傍にいる采女にもわかった。

綱吉が、この人物をどれほど信頼しているか、それだけでわかる。

采女も、保明とは初対面ではない。これまで、何度もその顔を見ている。

「先日、拙宅にて御講義いただいた『大学』のことにござります」

保明は、滑らかな口調で言った。

あのことか――

それを聴いていた采女は、保明が何のことを言っているのかすぐに理解した。

先日――というのは、三月二十二日のことだ。その日、柳沢保明に新しい屋敷ができあがって、綱吉はそこへ足を運んでいる。そこで、綱吉は、集まった者たちに対して、『大学』の講義をした。

『大学』というのは、いわゆる『論語』、『中庸』、『孟子』と並ぶ、四書のうちの一書である。孔子の弟子の曾子が著わしたとも言われており、儒学を学ぶ者にとっては、他の三書と合わせて必読書であるといっていい。

采女自身も、今、この場にいる石川四郎右衛門も、綱吉について保明邸まで出かけており、ともにこの講義を聴いている。

綱吉は、儒学、朱子学に傾倒すること甚しく、専門の学者からこれを学んで、自身もこの四書に対しては深い知識と独自の考えも持つようになっており、機会を選んでは、この四書について講義を行なっている。

綱吉が柳沢邸へ足を運んだのは、その生涯で五十八回。ほとんどその全てのおりに、この講義は行なわれている。

その第一回目が、〝先日〟三月二十二日の『大学』の講義であった。

ちなみに記しておけば、綱吉は、この後、およそ二十年近くにわたってこの講義を続けている。それは、城内であったり、柳沢邸であったり、また、大久保忠朝の屋敷であったりしたが、基本的には、一書ずつ、その章を区切っての講義であり、その内容が重なることはほとんどなかった。

たとえば、元禄四年から八年までは『中庸』の講義を順に行ない、八、九年に『論語』を講義するといったようなやり方であった。

講義の内容は、四書に加えて『易経』など他の書にも及び、綱吉がその生涯において行なった講義は、二百四十回を越えたと言われている。

何事も、きちんと、厳格にしたがる綱吉の性格が、ここにもよく表われている。

綱吉は、性格的に、常の人と違った部分を、大量に持ち合わせていた。

気難かしい人物であり、世の現状よりは、己れの中に生じた原理の中で、その理屈を通そうとした。

俗に言われるところの生類憐みの令が、次々に細かくなってゆき、その数が多くなっていったのも、多分にこの綱吉の性格によるところが大きい。

綱吉は、その生涯のぎりぎりまで、この生類憐みに関わる法を発布し続けた。その数、知られているだけでも、百三十五回にのぼる。

犬のことで言えば、最初は、犬を殺したり、傷つけたりしてはいけないというものであったのが、綱吉の思考は、次のような段階を経て変化をしてゆく。

人が、犬を殺したり傷つけたりしてはいけないのはわかるが、犬が犬どうし喧嘩をして、互いに傷つけあうのはどうか。

当然の疑問であり、思考の流れである。

すると、次に発布される令が、犬の喧嘩を見たらそれを分けよ、というものになる。

犬の喧嘩を見て、見ぬふりをしたら、それが罪になってしまうのだ。

綱吉の思考は、さらに進んでゆく。

では、病気の犬や、怪我をした犬を見たらどうすればよいのか。そして、次に発布されるのが、傷ついた犬や病の犬を見たら、これを助けて手当てをせよというものになってゆく。

最初の法令——犬を傷つけるな、殺すなというところを押し進めれば、結局、綱吉の理屈からすれば、そこまで行かざるを得なくなる。

その己れの理屈を、綱吉は法令と、罰則をもって、民に強要したのである。

話をもどしたい。

保明が、自邸で綱吉がやった『大学』の講義について、口にしたところからである。

「それが、どうかしたか」

綱吉は言った。

「たいへんに、興味深くうかがわせていただきました。儒学はまさに、この人の世をなり立たせてゆく、要の教えにござります」

「うむ」

綱吉は、満足げにうなずいた。

「儒学と仏の教えは、まさに、車の両輪じゃ。いずれも、慈悲をもっぱらとし、仁愛を求め、善を勧め悪を懲らしめる。仏の教えは、人の生死と、人の死後のことを語り、儒学は、人が、人の世に生まれて、どのように生きるべきか、何を規範にすべきかを教えてくれる――」

しかるに――

と、綱吉は前置きして、

「今の世は、どうなっているのか」

声を大きくした。

「仏の道に入る者は、出家して世を離れてしまい、儒の道にある者は、禽獣(きんじゅう)をほしいままに口にして、生命をないがしろにしているではないか――」

綱吉は、感情をたかぶらせた眼で、一同を見やり、

「これを、何とかせねばと思い、余は講義をしたのである」

そう言いきった。

「わたしが、本日ここに上様をお訪ねしたのは、まさに、そこのところでございます」

すかさず、保明はそう言った。

「どういうことじゃ」

「先の講義にございますが、できうることなれば、これから後も、ぜひその続きを承(うけたまわ)りとう存じまして、引き続き、あのような会を催されてはいかがかと、お願い申しあげるために、本日はこれに参上いたしましたのでございます――」

「ほう」

「そのおりには、いつでも拙宅をお使い下されたく、そのことも重ねてお願い申しあ

げたく、やってまいりました」

保明の口調はよどみなく、そのまま耳に流れ込んでくる。

「あいわかった。考えておこう」

綱吉は、上機嫌でそう言った。

しかし、保明が、帰った途端に、綱吉の顔から機嫌の良さが消えて、保明が来る前と同じ、どこか疲れたような、重い空気が綱吉を包んだ。

「講義か……」

ぽつりと、綱吉はつぶやいた。

采女も、綱吉の講義は、柳沢邸で聴いている。一本の筋と理屈が通っていて、わかり易い講義であった。学者からの受け売りだけではない、自身の考えや教養がその講義の中にはあった。

「しかし、どれほどの者が、余が真に伝えたいことをわかってくれるであろうか……」

と、この国の最高権力者は言った。

さっきまでの元気は、もはや、そこにはない。

このところ、綱吉の気鬱の波が激しいのは、采女もよくわかっている。

「この頃は、どうにも、己れのやろうとしていることで、自身ががんじがらめになってゆくような気がしてならぬのじゃ――」

保明に勧められた今度の講義も、始めたら、またやがては自分を縛ってゆくものになりはしまいかという不安が、綱吉の言葉の背後に見え隠れしているようであった。

始めたら、徹底的にやらねば済まない自分の性格を、綱吉自身もよく理解しているのである。

釣りをなされませ――

その言葉が、采女の喉元まで出かかった。

〝かような時には、釣りをなさるのが一番でござります〟

もちろん、それは采女には言えなかった。

「どうじゃ、采女よ――」

「はい」

「今の世の乱れをいかに正すか、何か思うところはあるか――」

時おり、綱吉は、ふいにこのような問いを采女に投げかけてくる。

采女が、並ならぬ教養をその裡に秘めていることを、綱吉も最近はわかっている。

ぬしはどう考えるか――

綱吉がそう問うてくるのは、采女の言葉にそれなりの敬意を抱いているからのことであった。

側小姓として、自ら綱吉に意見を言うことなどはほとんど考えられないが、問われたのであれば、別のことだ。

「おそれながら、仏の教えも、儒学の教えも、同じことを説いているように思われます」

「ほう」

「それは、中道と、中庸にございます」

中道というのは、仏陀の教えの中核をなす考え方である。

覚りに至る道というのは、あちらにもこちらにも、そのどちらか一方にかたよらない真ん中の道であると仏は教えている。

儒学で言う中庸も、また、それと同じである。

綱吉が、うなずく。

「その通りじゃ」

「儒学の祖である孔子も、〝子釣りして網せず、弋して宿を射ず〟ということを教えておられます」

「『論語』の述而じゃな」

「はい」

采女はうなずいた。

孔子は、釣りをたしなんだが、それは釣るだけで、網で一時にたくさんの魚を獲ったりはせず、また、糸をつけた矢で鳥を獲ることはあっても、巣で眠っている鳥を射ることはなかったという意味のことである。

生き物の生命もだいじである、しかし、人の楽しみや、生きていくために他の生命を殺すこともまたしかたがない——一方的に禁ずることも、一方的に殺しすぎることも、孔子の考え方からは、はずれているのではないか。

采女としては、せいいっぱいの進言であった。

釣りぐらいよいのではないかという采女の思いがこもっている。

綱吉が傾倒している孔子の教えとあらば、このくらいはだいじょうぶであろうと考え、思わず言ってしまった言葉であった。

しかし、思わず、言ってから冷や汗が出た。

横にいた石川四郎右衛門は、明らかに、

〝そんなことを口にしてしまって、よいのか——〟

そういう目つきをした。

考え方によっては、これは、綱吉の〃生類憐み〃の政策に対する批判と受けとめられなくもない。

綱吉は、しばらく沈黙した。

采女と石川四郎右衛門の間に、緊張が走った。

石川四郎右衛門が、その緊張に耐えられず、とりなしの言葉を言おうと口を開きかけたその時——

「采女よ」

綱吉が言った。

「そちは、釣りをするのか？」

采女は、一瞬、その身をこわばらせた。

何と答えるべきか。

釣りなど、したことはないと答えるべきであろうか。しかし、そう言った後で、もしも釣りをしていたことがわかったらどうなるのか。

ここは、正直に答えるしかない。

しかし、正直に、と言っても、釣りが好きで、毎日のように行っていたこともあると、そこまで答えるべきであろうか。

「はは——」

「どうなのじゃ」

「釣りは、いたしまする」

采女は、慇懃に、畳に手を突いて、頭を下げた。

どれほどするのじゃ——

とは、綱吉は問うてはこなかった。

かわりに、

「どうじゃ、釣りは、おもしろいか？」

そう問うてきた。

「はい」

采女はうなずいた。

うなずくしかない。

好きでないと答え、好きでないのに何故釣るのかと問われたら、答えようがないからである。

「釣りの、どこがおもしろい」

重ねて綱吉が問うてきた。

采女は、困った。

何かを答えて、綱吉を怒らせてしまうことをおそれたのではない。自分の中に答えが見つからなかったからである。

確かに、自分は釣りのことをおもしろいと思っている。しかし、自分は、その釣りのどこをおもしろがっているのか。

魚が掛かった時、手元に伝わってくる、あのぶるぶるという感触であろうか。

魚を、水中から抜きあげた時の、あの何とも言えぬ悦(よろこ)びであろうか。それとも、ごつん、あるいはこつこつん、と手元に届いてくる魚信(アタリ)であろうか。

どうやったらうまく手元に寄せられるか、もしかしたら、この魚はすぐに逃げてしまうのではないか——はらはらしながら魚とやりとりしているあの心の動きや、心の臓の高鳴りであろうか。

いやいや、釣り場に向かって、舟に乗っている時であっても楽しい。それを言うなら、出かける前日に、あれこれと道具を引っ張り出してきて、仕掛(しか)けを作りながら、明日の釣りのことを考えているのも楽しい。釣りに行かなくとも、伴太夫や十郎兵衛(じゅうろうべえ)と、ただ釣りの話をしている時だって楽しいのだ。

そういう話のおりの大きな楽しみの中には、逃げてしまった魚のことを語ることも含まれている。

〝あの時、逃げた平目は大きかった〟

〝いや、それほどの大きさではございませぬ。このくらいでございましょう〟

〝何を申すか、それは、そちが釣った平目ではないか〟

〝いえいえ、私が釣りましたのはこれくらいで〟

〝そんな大きな平目などおるか〟

むしろ、逃げてしまった魚について語っているおりの方が、互いに声も大きくなり、話も長くなる。

大きな魚が、海面まで寄ってきて、ぎらりと太い腹を見せた途端に、鉤がはずれて逃げてしまうことがある。

糸が天に跳ねあがり、竿を握っている右手がやけに軽くなる。この天地や自分が、この世から、一瞬消失してしまったような気がする。

あの空しさもまた、釣りに妙味を加えているような気もする。

そうすると、一度の釣りというより、釣りという全体で考えれば、釣れない釣りもまたおもしろいということになる。

しかし、それを、どう、この綱吉に伝えればよいのか。

沈黙した采女を見て、

「どうした、采女――」

綱吉が、再度声をかけてきた。

「それが、どうも、うまく答えられませぬ」

ひたすら恐縮した様子で、正直に采女は告白した。

「答えられぬ？」

綱吉は言った。

これまでとは、口調が変化した。

まだ、怒ってこそいないが、答えられぬという采女の返事に対して、不満は覚えているようであった。

「何故じゃ」

ここで、綱吉の気分を害することは、何があっても避けねばならない。

「お答え申しあげたくないという意味ではございませぬ。わたくしが、釣りをおもしろいと感じておりますことを、どのように上様にお伝え申しあげたらよいのか、よい言葉が見つからないのでございます」

「言葉も何も、心のうちを、正直に申せばよい」

「は」

采女は、畳に両手を突き、頭を下げた。

釣りのおもしろさとは何か？

これは、采女にとっては、あまりに根本的すぎる問いであった。

どう考えていっても、つまるところは、おもしろいからおもしろい——そうとしか言いようがない。

たとえて言うなら、

〝おまえは何故生きるのか〟

采女にとっては、そういう問いに近い。

あるいは、

〝何故食べるのか〟

と問われるのと似ている。

何故も何も、生きているから生きているのであり、食べるのは腹が減るからであり、何故も何もない。

食べなければ死ぬ、だから食べる。

采女にとって、釣りのどこがおもしろいのかという問いは、そういう問いとほとんど同じ意味のものであった。

しかし、それをここで言っても始まらない。

「釣りをして、魚が掛かりましたる時は、全てのことを忘れます」

「全てのこと？」

「全てのいやなことも、何もかもでござります。気鬱には釣りが一番にござります」

「ほう」

「しかし、困るのは、その時、いやなことばかりではなく、大事なこと、他の楽しいことも、一緒に忘れてしまうことでござります」

「そういうことが、あったというか」

「ござりました」

「何じゃ、申してみよ」

「わが妻が倒れましたる時にも、また、死にましたる時にも、わたくしは、それを知らずに、舟の上で釣りをしておりました……」

采女は、深く頭を下げた。

そしてまた、その哀しみを癒すために、自分は釣りに出たのである。

「それほどのものか、釣りとは？」

半ばあきれ、咎めるような口調であったが、その声には、感心したような響きもあった。

「はい」

正直にうなずくしかない。

「今はどうなのじゃ、釣りはしておるのか」

「しておりませぬ。上様のお傍にお仕えするようになってからは、一度も行ってはおりませぬ」

「何故じゃ」

「大切なお役目まで忘れては困りまする故、釣りには行かぬようにしております」

嘘であった。

本当は釣りに行きたいのだ。

行って、竿でも糸でも握って、あの魚の感触を味わいたいのだ。

しかし、また、自分の意志ではないにしろ、それは本当のことでもあった。事実、綱吉の側小姓となってからは、一度も釣りはしていなかった。

釣りに行きたかった。

水に飢えた者が、水を欲するように、釣りに行きたかった。

狂おしいほどだ。

魔性のものに憑かれてしまったようであった。

〝釣りに行かせて下さい〟

本当は、そう言いたかった。

しかし、采女はそれをこらえ、

「釣りよりも、お役目が大事にござりますれば――」

そう言った。

嘘であった。

三

とんでもない事件が起こったのは、翌元禄五年（一六九二）、二月のことであった。

ちょうど、城の庭の桜が咲きはじめた頃――

「采女殿には、もう、お聴きおよびか――」

耳元に口を寄せて、そう囁いてきたのは、石川四郎右衛門であった。

「何のことにございましょう。大手門の桜が一番先に見頃になったということでございますか——」

采女は、そう答えた。

「何を暢気なことを——」

四郎右衛門は、首を左右に振り、

「違う。水戸様のことじゃ」

大仰に顔をしかめた。

「水戸様？」

「天下の副将軍、水戸光圀様じゃ」

四郎右衛門は、声をひそめた。

綱吉の昼食が済んだ後の、御座之間であった。

すでに綱吉は退出しており、今は、采女と四郎右衛門のただふたりしかいない。

「今日は、朝から綱吉様、御機嫌を悪しゅうされておられたであろう」

言われてみれば、確かにそうであった。

食事の間もしゃべらず、口にした食事の量も、常の半分以下である。

いつもであれば、食事の後は雑談の相手などするところなのだが、どういうわけか、

今日は、

「よい」

そう言って綱吉は退出してしまったのである。

「皆、水戸様が原因じゃ」

「何があったのじゃ」

「昨日な、柳沢保明様のもとに、水戸様から荷が届けられた……」

「荷が？」

「その荷が問題だったのじゃ」

「どのように」

「柳沢様の御家来が、その荷を開いてみると、中から出てきたのが……」

四郎右衛門は、ごくりと音をたてて唾を呑み込み、

「まだ、血の跡も生々しい、犬の毛皮十二頭分じゃ……」

そう言って、周囲に眼をやった。

「なんと――」

采女も、思わず声を呑み込んでいた。

「本当にござりまするか」

「そう聴いておる」

たいへんなことであった。

生類憐みのことを思えば、綱吉の顔を、泥のついた素足で踏むような行為と言えた。

しかも、それを送ったのが、副将軍水戸光圀である。

簡単に処罰などできるものではない。

城中だけで、このことが外に洩れねばよいが、もしも洩れたら、他の者に示しがつかなくなる。

法であれば、たとえ副将軍であろうと裁かれねばならぬが、それは、綱吉の権力をもってしてもできるものではなかった。

荷の中に、文があったという。

柳沢保明宛の文ではない。

綱吉宛の文であった。

そこに、次のようなことが書かれていたというのである。

近頃、領内に野犬が出て、子供を嚙み殺すという事件があった。これは捨て置けぬと考え、領内において、弓、鉄砲をもって野犬狩りをしたところ、実に、五十頭に余る数の野犬を殺すことができた。

そのうち、とくに身体の大きな犬十二頭の皮を剝いで、その毛皮を、将軍綱吉様にお贈り申しあげたい。

春になったとはいえ、まだ寒い日が続くので、さような日には、どうか、この毛皮でも着て温まっていただきたいと考えている。

「これには、柳沢様もおおいに驚かれてな、さっそく、上様に御報告申しあげたというわけじゃ」

四郎右衛門はそう言った。

凄まじい話である。

綱吉が、推奨している生類憐みに対する強烈なる批判であった。

「かねてより、水戸様は、生類憐みについてはひと言あったお方じゃ」

それは、采女も知っている。

三年前、江戸城の堀で網を打ち魚を捕った廉で、何人もの人間が首を刎ねられ、獄門にされた。

そのおりにも、水戸光圀は、綱吉に、寛大な処置をするよう意見をしている。しかし、それが聴き入れられなかった。

以来、ふたりがそれまで以上に、剣呑な仲になっているというのは、采女も耳にしていた。

ようやった——

口にこそしなかったが、四郎右衛門の声には、そういう響きがあった。

四

采女が、将軍綱吉から切りつけられ、左足に刀傷を負ったのは、それから十日も過ぎないうちの、三月三日の夜のことであった。

予兆はあった。

その日の昼に、水戸光圀が綱吉を訪ねてきたのである。

突然の訪城であった。

前もって話をしておくと、体よく病を口実に、会うのを拒否されるかもしれぬと考えての、いきなりの来城であったのかもしれない。

時間帯も、昼食が済んで、綱吉の身体が空く頃あいであり、綱吉が逃げ場もないくらい、早く光圀はやってきた。

食事が済み、采女や四郎右衛門たちと、雑談をしている時であった。

そこへ、光圀がやってきたとの知らせが入ってきたのである。

どうすべきか。

何のために、光圀はやってきたのか。

あの、犬の毛皮にいずれは関わることであろうとの想像は、采女にもついた。

しかし、城中では、あの犬の毛皮を、光圀が送りつけてきた件については、完全になかったことになっている。あったとすれば、それなりの対策をせねばならない。なかったのなら、これまで通り、何でもない。

四郎右衛門も、あの日以来、そのことについては、ひと言も触れてはいない。

綱吉が、どうしたものかを決めかねているうちに、何人かの足音がして、光圀がその場に入ってきたのである。

六十五歳にしては、矍鑠（かくしゃく）とした足取りで歩いてくると、光圀は下座に座し、

「これはこれは、綱吉様には御機嫌うるわしゅう……」

しれっとした声で挨拶（あいさつ）をした。

この時の光圀の顔を、采女は見ていない。

光圀を初めて見る采女であったが、見た途端に、歩いてくるその老人が光圀であるとすぐにわかった。

わかった瞬間には、もう、退がって畳に両手を突き、頭を下げていたのである。その下げた頭の上に、光圀の声が注いできたのであった。

頭を下げながら、

〝はて――〟

と、采女は考えている。

初めて見るはずの光圀の顔を、どこかで見たような気がしたからである。

たれか、似たような顔を知っているというのではない。光圀の顔そのものを、どこかで見た記憶があるのである。

ほんの一瞬しか、その顔を見てはいないが、白髪（はくはつ）、額（ひたい）の皺（しわ）、頬肉（ほおにく）のかたち、やや尖（とが）った顎（あご）、そういうものに見覚えがあったのである。

いつであったか――

頭を下げたまま考えていた采女は、ふいに思い出していた。

あの時だ。

何年前であったか。

兼松伴太夫、佐々山十郎兵衛、川名信安とともに、深川八幡の祭りに出かけた時だ。

あの時、大川の川端で、紀伊国屋文左衛門が、鉤勝負をやらせていたのではなかったか。

あの時の客の中に、この顔があったはずだ。

宝井其角、多賀朝湖、それから芭蕉の顔もそこにあったと記憶している。

その中に、この顔が混ざっていたはずである。

岩崎長太夫が、その時、そこにいる連中の名を教えてくれたのではなかったか。

ちょっと小さく、丸い鼻。

顎。

名は、何と言ったか。

そうだ――

采女は思い出していた。

たしか、名は、ふみの屋というのではなかったか。

五

采女は、座して、背でふたりのやりとりを聴いていた。

綱吉と、光圀のやりとりである。

短い挨拶の後、場所をかえようと綱吉が言って、綱吉と光圀は別の間へ移ったのである。

如何(いか)に将軍と副将軍といえども、本当の意味でふたりきりになるということはない。

襖(ふすま)一枚を隔(へだ)てて、采女と四郎右衛門がふたりの話を聴いているのである。さらに、光圀とともにやってきた者二名が、同じように並んで座している。

いずれも、向こう側に綱吉と光圀のいる襖を背にしているのは、采女たちと同じである。

綱吉と光圀が交しているのは、まだ四方山(よもやま)の会話であった。

しかし、たとえ、それがどのような会話であれ、襖で隔てられた向こう側でなされている話の内容は、後で他言(たごん)できない。

聴こえているが、聴こえていない——そういうことにせねばならない。

ふたりの会話を、背で聴きながら、采女は考えている。

あのふみの屋が、本当に水戸光圀であるのか。

もしそうなら、どうして、紀伊国屋と光圀が、あのような場所に一緒にいたのか。

言うなれば、この国の二番目の権力者と言ってもかまわない人間が、あのような場所で酒を飲み、鉤勝負を眺めている。

いや、そもそも、紀伊国屋は、あのふみの屋が、水戸光圀であるというのを知っているのか。

少なくとも、長太夫や他の者たちは知らぬであろう。

其角や、朝湖もそうであろう。

知っていたら、あのようなあけすけなふるまいはできぬであろう。

ふみの屋——

そう考えた時、采女の脳裏(のうり)に閃(ひらめ)いたことがあった。

そうか。

そうであったか。

ふみの屋の〝ふ〟は、ふたつの〝ふ〟だ。

そしてふみの屋の〝み〟は、水戸光圀の〝み〟だ。みとみつくにで、〝み〟がふたつある。

〝み〟が〝ふ〟たつあるから、それで〝ふみの屋〟――

みごとにこれで、辻褄が合う。

思わず、小さく声をあげそうになり、それをこらえて呑み込んだ時、背後の会話に変化がおこっていた。

綱吉の声が、これまで采女が耳にしたことがないほど、高くなっていたのである。

「いかに水戸の御老公といえども、これは御政道のことなれば……」

綱吉の感情が昂っている。

「御政道のことなれば、なんだというのじゃ。このわしの首を斬って、獄門にでもするか――」

言葉としては、なかなか凄まじいものがあるが、光圀の声音そのものは、むしろ淡々としており、落ちついている。しかし、かえってその落ちつきぶりが綱吉の感情を余計に昂らせているようであった。

光圀の言葉を耳にして、采女はひやりとした。

綱吉が、我を忘れて、

〝ではその首、斬らせていただきまするぞ〟

というようなことを、言い出しはしまいかと思ったからである。綱吉の傍に仕えて、すでに一年余り、綱吉には、こういう時、そういうことを言い出しかねない性があることを、采女はわかっていた。

だが、綱吉は、それを口にしなかった。よく我慢をしたと、綱吉の性格を知っている采女は、むしろ、心の中で綱吉を褒めた。

綱吉は、戌年生まれである。だから、生き物の中でも、ことさら犬を大事にし、大事にさせた。城中の犬を別の場所に移す時にも、将軍にするのと同様に、〝お犬駕籠〟と呼ばれる駕籠に犬を乗せ、人がそれを担いで運んだのである。

ある意味、犬は将軍綱吉自身の化身の如くに扱われたのである。

「下の者たちに、しめしがつきませぬ。御自重を――」

綱吉は言った。

しかし、光圀は、その言葉を聴き流した。

「人の生命と、犬の生命、どちらが大事じゃ。人の生命よりも、犬を大事にするなぞ、ぬしの性根は歪んでおる」

「わたしの性根が!?」

「そうじゃ。護持院の坊主にたぶらかされたか――」

光圀の言う護持院の坊主というのは、隆光という僧のことである。

この隆光が、

〝綱吉様に、御世継ぎができぬのは、前世で殺生をした故にございます。殺生を慎み、生類を憐むことこそが肝要――〟

このような進言をしたことから、いわゆる「生類憐みの令」がはじまったのであると、巷ではまことしやかに噂されている。これは、采女も実際に耳にしたことがあった。光圀もまた、どこかでこの噂を聴いたのであろう。

「さようなことは、隆光からも誰からも言われてはおりませぬ。ただただ、犬を食うたり、病馬を捨てたりという、悪しき世相を憂えてのこと。儒学の仁の教えを天下に広めんがためのことにござります」

不思議なことに、いったん大きくなった綱吉の声の調子が、どんどん静かになってきて、昂りが消えていった。

「儒学の教えを広めるのはよいが、今度の生類憐みのことは、行き過ぎじゃ――」

これを、綱吉は、黙って聴いた。

綱吉という、この日本国の最高権力者が、いくら相手が御三家の水戸光圀であろうと、ここまでおとなしくしているということの背景には、綱吉も光圀も儒者であり、綱吉で言えば家臣を集めて儒学の講義まで行っているというのがある。綱吉としては、儒者として年上の光圀に対して礼を尽くさねばならない立場にある。さらに、光圀との会話の中で、儒学の教えを天下に広めるために〝生類憐みの令〟を出しているのであると語っている。その規範を示さねばならないのは、儒学的に言えば、まず綱吉自身である。綱吉もそれは充分に承知しており、承知しておればこそそこにこだわらずにいられないのが、綱吉の中にある理であった。

だから、光圀の言葉を、年下の自分がまず聴かねばならぬのだと、まさに今綱吉は、自身が講義した儒学の教えを実践しているところなのであった。

しかし、それにしても、綱吉のこの様子は、その性格を知る采女にとっては、どこか不気味であった。声を高くしている綱吉の方が、むしろ采女の知っている綱吉である。

「生類を大切にするのはよい。しかし、人の生命をこそ敬うことじゃ。人の生命こそを恐れよ。さすれば、屏風を立てずとも済む――」

「屏風!?」

黙っていた綱吉が声を発した。

「上野でのことは、我が耳にも届いておる」

背中で、その言葉を聴いていた采女は、畳から跳びあがりそうになった。

冷や汗が、背にべったりと張りついた。

光圀が今、言葉にしたものは、綱吉にとっては一番触れられたくない部分であるはずであった。綱吉の心の一番弱い場所であり、側小姓(そばこしょう)の間では、暗黙のうちに、日常の会話の中でもそこに触らぬようにしているのである。この国の誰であれ、綱吉にそのことを直接口にできる者などいるはずがないと采女は思っていた。それが、ここにいた。

采女は、綱吉が、激昂(げきこう)して叫び出すのではないかと思った。

しかし、

「はて、何のことでございましょう。上野ではいくつも屏風を立てさせたりいたしますが、あれは、あそこの屏風がよくできたもので、それを眺めるのが、あそこへゆく楽しみのひとつであるだけのことにございます」

綱吉の口調は、いっそう丁寧(ていねい)になり、声も細く、小さくなった。

「御老公も、一度、御覧になられてはいかがでしょう」

声だけ耳にしていると、まるで、綱吉が畳に手をついて、頭まで下げているような気さえしてくる。

これには、さすがの光圀も辟易したか、あるいはあげた手の打ち下ろしどころを失ってしまったか、ともあれ、言葉で綱吉を説得するのをあきらめたようであった。

それからほどなくして話はどちらからともなく終ったのである。

〝事件〟が起こったのは、その晩のことであった。

六

その夜、綱吉の寝所番を、采女は石川四郎右衛門と共に勤めた。

今日の昼、光圀が辞してから、綱吉は、ほとんど口をきくことがなかった。

「あれは、ああいうものじゃ……」

光圀がいなくなった後、誰に言うともなく、綱吉は独語した。

人知のおよばぬ天然の現象——たとえば、雨や風、雷や地震などと同じようなものであると、光圀に対して綱吉は言ったのであろうと、采女は理解した。

そう言うことで、綱吉は、自身の心のおさまりどころを得ようとしたのであろう。

しかし、それがおさまらなかったのか、おさまりきれなかったのか。

夜——

始め、襖の向こうで、綱吉はなかなか寝つけぬようであった。

何度も寝返りを打つ気配があり、溜め息とも呻き声ともつかぬ息を吐くのが聴こえてくる。

この日本国の最高権力者の、生々しい懊悩が、采女の耳に届いてくる。

将軍とはいえ、この襖一枚向こうで眠っているのは、ただの人間ではないか。

哀れな……

采女の胸に去来するのは、そういった思いであった。

堀田正俊の死の背後に、綱吉の意志があったにしろ、采女にとってはそれは過去のことだ。しかし、今、背後の闇の中にあって、生臭い息を吐き、懊悩している人物がいるというのは、采女にとっては今まさに直面している現実のことである。

綱吉は、この闇の中で何を思い、何に怯えて眠れずにいるのであろうか。

采女にとって、綱吉の煩悶の気配が、自身の心の煩悶のようにも思えてきた。

采女は、脇に点されている灯火を見つめながら考えている。

こういう夜を眠るというのが、一国の最高権力者の宿命であるというのなら――

〝将軍になぞなるものではないな……〟

采女にはそういう思いがある。

横に並んで座している四郎右衛門の胸には、どういう思いが去来しているのであろうか。

言葉こそ交さぬものの、時おり、横眼で視線を合わせては、互いにその眼をふせる。

そのうちに、綱吉は眠ったようであった。

鼾(いびき)が、聴こえてきた。

しかし、呻き声や唸(うな)るような声が、鼾に混じる。

眠りに落ちて意志が働かなくなった分、呻き声や唸り声を止めることができなくなったのであろう。

その呻く声や唸る声に、やがて、言葉が加わった。

「何じゃ。何しに来た……」

綱吉が、襖の向こうで言う。

襖の向こうの闇の中で、綱吉は誰かと会っているらしい。

綱吉の口調は、何者かを咎(とが)めているようにも、怯えているようにも聴こえた。

「はらわたをひきずって、歩くでない」

ぞっとするような言葉であった。

綱吉は、襖の奥で、いったいどのようなものと会っているのであろうか。

「血まような、ぬしが、余を操ろうとしたからではないか——」

これまでにも、采女は、寝所番のおり、何度か綱吉が呻く声も、寝言を言う声も耳にしたが、こんなにはっきりした言葉を綱吉が吐くのを聴くのは初めてであった。

「何を言うか、ぬしがぬし自身の身を滅ぼしたのであろうが」

どうやら、綱吉はその何者かと会話をしているらしい。

むろん、采女に聴こえるのは綱吉の声だけで、相手の声は聴こえない。しかし、綱吉の切羽詰まった声は、本当にその相手がそこにいるようであった。いや、もしかしたら、綱吉は、本当に、襖の向こうの闇の中で、その相手と対面しているのかもしれなかった。

「そのような恨めしげな眼で余を見たとて何にもならぬぞ。首と肩のすわりが悪いのか。首が肩からずれて（ぶつぶつぶつ）一族根こそぎの（ぶつぶつぶつ）歯で刀を噛むな。ほれ歯がぼろぼろと（ぶつぶつぶつ）どうせ……」

そのうちに、綱吉は叫び始めた。

「来るな。這って近づいてくるでない……」

叫び声から犬の吠えるような声になった。

「おのれ、堀田、血まようたなっ!!」

ついに、綱吉は、その相手の名を口にした。

これまで、どれほどうなされようと、どれほど寝言を言おうと、綱吉は相手の名を口にしたことはなかった。たとえ、夢の中であろうと、心の抑制が働いていたのであろう。

その箍がはずれたのだ。

「おのれ!!」

綱吉の、立ちあがる気配があった。

ここに至っては、もう、襖を開いて、綱吉の様子を見るしかなかった。

采女と四郎右衛門は、眼を見合わせ、互いの意思を確認しあってから背後の襖に向きなおった。

「上様、いかがあそばされましたか」

四郎右衛門が声をかける。

「堀田、去ねい!」

綱吉の叫ぶ声がそれに応えた。

「失礼致しまする」

四郎右衛門が、襖に手を掛けようとしたその時、ぶっつりと襖の向こうから突き出てきたのは、刀の切先であった。

その切先が、四郎右衛門の鼻先で止まった。

「あわっ」

声をあげて、四郎右衛門は、のけぞるように後方に倒れ込んだ。

襖をばりばりと蹴破(けやぶ)って姿を現わしたのは、脇差(わきざ)しを右手に握った綱吉であった。

綱吉の眼が、血走っていた。

その眼に、血が糸のようにからんでいる。

「そこか、堀田っ」

綱吉は、畳に腰を落とし、仰向けになって、尻で這って逃げようとしている四郎右衛門を睨んだ。

「上様、四郎右衛門にございます。石川四郎右衛門にございます！」

片手を前に出して、四郎右衛門が必死で声をあげる。

「上様、お気を確かに！」

采女も叫ぶが、綱吉の耳には届いていないようであった。

もしも、これが将軍綱吉でさえなければ、飛びかかり、打ち倒すこともできる。組みついて投げ、押さえ込むこともできる。しかし、そのようなことをして、もしも将軍に怪我を負わせてしまったり、怪我をさせずとも屈辱的な目に遭わせてしまったりしたら――

それを思うと、できるのは、組みついたまま、綱吉の動きを止めることだけである。

「上様、御免――」

采女は、左横から、綱吉の腰に抱きついた。

これに合わせて、四郎右衛門が綱吉の右腕に抱きつけば、少なくともまず刀の動きを封ずることはできる。自分に綱吉の注意がそそがれれば、充分その機会はあろうと踏んで采女はしがみついたのだが、四郎右衛門がしたのは、ただ、腰で畳をよじりながら退がることだけであった。

「おのれ、邪魔だてするかっ」

綱吉が、采女に向かって、刀を突き出してきた。

刀が届く前に、采女は横に跳んで逃げたのだが、それを、さらに綱吉の刃が追った。

采女の左脚の太股に、さくりと刀の切先が潜り込んで、その肉を裂いた。

「上様御乱心、上様御乱心！」

四郎右衛門が、大きな声で叫んだ。

采女の脚から、さわさわと血が吹きこぼれて畳の上に落ちた。

四郎右衛門の声か、あるいは人の肉を切った感触があったからか、ともかくそこで、綱吉の意識がもどっていた。

倒れて破れた襖、叫んでいる四郎右衛門、そして、脚から血を流している采女——そして、自身の右手には血刀が握られているのを、綱吉は見た。

「どうしたのじゃ」

綱吉は、呆然としてつぶやいた。

「いったい、何があったのじゃ……」

七

「婿殿よ、それにしても、たいへんな目に遭われたな……」

義央は、気の毒そうに眉を寄せて、そう言った。

「もう、独りで歩けるのか——」

「はい」

采女はうなずいた。

采女の脚は、だいぶよくなっていた。

あれから、すでに三月(みつき)が過ぎている。

脚の傷そのものは完全に塞(ふさ)がってはいたが、しかし、歩くと、左太股の内部に痛みが走る。歩を踏み出す時には、左脚を引きずらねばならない。

「で、どちらへ行くと言われておったかな?」

「摂州(せっしゅう)にござります」

「そうか、有馬(ありま)の温泉であったな」

「はい、あちらの温泉で、療養してまいります」

脚の傷の治療のため、采女は、義央の屋敷を辞したその足で、そのまま西へ向かうことになっている。

同道する兼松伴太夫も、今、采女の後方に座して、采女の義父である義央と対面していた。

「三月のことは、上様もお気にかけておいでじゃ。お役はしばらく休むことになっても、なあに、ぬしの失態ではない。脚さえなおれば、もとのようにお役につくこともできよう」

あれから、采女は、綱吉からの見舞金と見舞の品をもらっている。

ただ、綱吉とはそのあとも顔を合わせてはいなかった。

「療治に専念されることじゃ」

「はい」

「きっと、なおる。気を落とすでない」

そうして、采女は有馬温泉まで出かけてゆき、八月十三日に江戸へもどってきた。

しかし、脚はなおらなかった。

傷そのものは、跡は残ったが癒えている。普通に歩く分には脚を引きずらずに済むようになったが、重いものを持ったり、階段を上ったりするおりには、痛みが走る。早足以上の速度では走ることはできなかった。

側小姓という役は、歩けるだけでは務めることはできない。いくら、原因となった傷をつけたのが綱吉であれ、常人並の動きができねば、この役にいることはできないのである。

「釣りに行きたい……」

溜め息のように、采女は言った。

「御自重なされませ」

伴太夫がたしなめる。

休職中とはいえ、まだ采女は側小姓の役にある。将軍からも見舞金をもらっている以上、職を休んでいる間に、遊びである釣りなどをしたのがわかったら、場合によったら役を失いかねない。むしろ、職をきちんとまっとうしている時に行くことの方が、まだ安全と言えた。

釣りに限らない。

表だって、人目に触れるような場所で遊ぶわけにはいかないのが、今の采女であった。

――鉄砲洲へ行きたい。

ある時、采女がそう言い出した。

「竿は持たぬ。ただ、あそこで釣りをしている者を眺めるだけでよいのじゃ」

「未練がましゅうござりまするぞ」

伴太夫は言った。

伴太夫もまた、采女が釣りをしなくなってから、ずっと竿を握ってはいないのだ。

しかし、伴太夫も、ただ鉄砲洲へ行くだけじゃという采女を止めることまではできなかった。

伴太夫をともなって、采女は鉄砲洲へ出かけて行った。

杭の手前の岩の上に立って、何人かの釣り人が竿を出している。

采女と伴太夫の見ている前で、釣り人がひょい、ひょいと沙魚を釣りあげてゆく。

それを眺めながら、

「そういえば、この裏手あたりは、浅野様の江戸屋敷でござりますな」

伴太夫が、背後を見やるようにして言った。

伴太夫の言った〝浅野様〟というのは、播州赤穂の浅野家のことである。

浅野家と、采女の津軽家とは、多少ながら因縁がある。この二家を繋いだのは、山鹿素行という人物だ。

山鹿素行は、承応元年（一六五二）から万治三年（一六六〇）まで、浅野家に入ってそこで山鹿流兵法を教えている。

次に山鹿素行が仕えた先が、東北の津軽家であった。津軽家もまた、山鹿素行から山鹿流の兵法を学んだのである。

当然ながら、采女もまた、この山鹿流兵法を学んでおり、その意味では、浅野家と津軽家とは、兵法の師を同じくする兄弟弟子どうしということになる。

その浅野家の江戸屋敷が、この鉄砲洲のすぐ裏手あたりにあるはずであった。

「そうか、このあたりであったか――」

采女がつぶやいた時、

「お、また釣りましたぞ」

伴太夫が声をあげた。

見ていると、さきほどからひとりの釣り人の竿が何度もあがって、沙魚が釣られてくる。

その一番竿が立っている釣り人の背に見覚えがあった。

「あれは、阿久沢様のようでござりますな」

伴太夫が言った通り、確かに、さきほどから何尾もの沙魚を釣っているのは、阿久沢弥太夫のようであった。

沙魚を掛け、あげて鉤からはずし、餌をつけ、また投げ入れるその一連の手順に乱れがない。

他人の釣りを眺めていると、すさんでいた心がなごんでくる。いつまで眺めていても見飽きるということがない。

ただ、自分も釣りたいという欲求はいっそうに膨らんでくる。

「阿久沢様に声をかけまするか」

采女は、迷ったが、

「いや、やめておこう」

首を左右に振った。

その時、気配に気づいたのか、阿久沢が後方を振り向いた。

采女と眼が合った。

采女は、会釈をした。

阿久沢が、小さく頭を下げる。

「釣れておりますか？」

伴太夫が声をかけた。

「ほどほどに――」

さらりと阿久沢が言う。

と、阿久沢から少し離れたところで竿を出していた釣り人が、同じように後方を振り向いた。阿久沢よりやや劣るものの、さっきからたくさん沙魚を釣りあげている釣り人だ。

その顔にも、覚えがあった。

阿久沢と、鉤勝負をして負けた、あの松本理兵衛(まつもとりへえ)であった。

松本も、采女に会釈をし、

「こういうことになっておりましてな」

苦笑いをした。

「今は、碁敵ならぬ釣敵じゃ」

なるほど、こういうことというのはそういうことか。

いつの間にか、ふたりは並んで竿を出すような間柄になっていたのか。

「このところ、お顔を拝見しておりませんが――」

阿久沢が、鉤に餌をつけながら訊ねてきた。

「城勤めの方が忙がしくなっておりまして――」

伴太夫が代わりに答えた。

後方を見ていた阿久沢の眼が、采女の顔にとまって、しばらく凝と動かなかった。

もしかしたら、阿久沢は三月三日の夜に城中で起こった事件と自分との関係を知っているのかもしれないと、采女は思った。

「わたしは、死ぬまで釣りをやめられません」

ぼそりと、阿久沢は言った。

そのまま、海の方へ向きなおり、竿を振った。

阿久沢は、もう、采女の方は向かず、竿を振り続けた。

阿久沢と松本理兵衛が、さらに何尾か釣りあげるのをしばらく眺めてから、采女はふたりに声もかけずに背を向けて歩き出した。

屋敷へもどる采女の腹の中に、石を吞み込んだように、阿久沢のさっきの言葉が重く残っていた。

八

采女の脚は、なかなかおらなかった。

年をまたいで元禄六年（一六九三）になっても、状態は変らなかった。

五月に、伊豆熱海(あたみ)の温泉にゆき、さらにまた相州塔之沢(そうしゅうとうのさわ)の湯にも入ったが、芳(かんば)しい結果は得られなかった。

江戸に帰ってきたのが、二ヵ月後の七月九日である。

ついに、采女が、側小姓のお役を辞退することになったのが、八月九日であった。

職を辞し、義央に報告をすませ、屋敷へもどってきた采女は、全身の力が抜けていた。

もう、二度と出世の機会はなかろう。

何だか、身体も心も、たよりがない。

肉が、風のようにふわふわとしているようであった。

「御無念、お察しいたします」

言い終えぬうちから、伴太夫はその両眼から涙を溢(あふ)れさせ、それを拳(こぶし)でぬぐった。

「これで、やっと釣りができる……」

たよりない、低い声で、采女はつぶやいた。

ひどく危いものの上に立っているような気がしたが、

〝釣りができる〟

それだけは、確かなことのようであった。

巻の十　釣り船禁止令

一

しかし、采女は、すぐには釣りに行かなかった。

はじめは、役を辞したその翌日にも釣りにゆこうと考えていたのだが、それが決まり、義央にも報告を済ませ、自由の身になってみると、呆けたようになってしまったのである。

それは、一時のことだと思っていたのだが、そうではなかった。

行けぬ時にはあれほど行きたかった釣りに、いざ行ける状態になった途端、行こうという気が失せてしまったのである。

脚を治す——これは、采女の執念であった。

また、小普請組にもどりたくなかった。ひとかどの職を得て、ひとかどの仕事をし、ひとかどの者になりたかった。その思いが叶って、やっと側小姓という役を得たのだ。たとえ釣りを我慢してでも、その職を失いたくなかった。実際に、釣りも我慢してきたのだ。それが、役を辞した途端、身の中にあった、緊張の糸が切れてしまった。それと同時に、釣りへ行こうという気力も失せてしまったようであった。しばらくを、ふぬけのようになってすごし、ようやく、釣りにゆくことになったのは、八月十五日のことであった。

前日の十四日——

「明日は、お出かけになりませぬか」

伴太夫が、見かねて声をかけてきたのである。

「明日？」

「明日は、深川八幡の祭りにござります」

そう言えばそうだ。

八年ほども前であったか。

釣りにのめり込んだ年であったから、よく覚えている。

あの年の八月にも、深川八幡の祭りのおり、皆で見物に出かけている。

その時に、紀伊国屋文左衛門が開いた〝鉤勝負〟の催しで、阿久沢弥太夫と松本理兵衛が競うのを見たのだ。

八月十五日は、紀伊国屋文左衛門が寄贈した豪華な御輿も出て、たいへんな賑わいとなる。

想像しただけで、今はその人いきれの中に自分の身を置くことは耐え難かった。

「ならば、いっそ、釣りにゆこう」

采女がそう答え、八月十五日に、船で海に出ることになったのである。

二

海の上には、もう、秋の風が吹いている。

船を停めたのは、ちょうど、鉄砲洲の前あたりであった。

大川に向かってのぼりはじめた沙魚が、間を置かずによく釣れた。釣れなくなったら、少し場所を動こうかとも考えていたのだが、その必要はなかった。

船頭は長太夫である。

三年余り顔を見ることはなかったが、采女の顔を見るなり、

「お久しぶりで――」

隙き間の広くなった歯を見せて笑った。

ちょうど三年分、きっちり老けた顔になっている。

口の端や、額の皺（しわ）が深くなっていた。髪にも髯（ひげ）にも、白いものの量が増え、皮膚が少しゆるんだようであったが、頸（くび）や腕の太さは以前と同じで、厚みのある手の武骨な道具のような指もまだ健在そうであった。

竿（さお）を握り、鉤に掛けた川蚯蚓（ミミズ）を海に落とした途端に、三年前までの自分にもどっていた。

もそもそっと魚信（アタリ）があり、軽く誘ってこつんときた感触に素速く合わせると、

くんくん、

と動く竿先から、暴れる魚の手応えが手に届いてきた。

「きたぞ、伴太夫」

一尾目の沙魚を釣りあげた。

「どうじゃ、釣れたぞ、どうじゃ」

采女が、糸をつまんで沙魚をぶら下げながら言うと、

「久しぶりに、笑われましたな」

伴太夫が、微笑した。

笑った!?

この自分がか。

采女は、思わず自分に問うていた。

確かに自分は今、笑っている。それにしても、これまで、ずっと笑っていなかったということか。

「釣れてようござりました」

「何がじゃ」

「采女様が釣らぬうちは、わたしが竿を出すわけにはゆきませぬ故(ゆえ)——」

見れば、伴太夫は竿を握ってはいるが、仕掛けと川蚯蚓の付いた鉤は、まだ船の中に残したままであった。

「かまわず出せばよい」

「先に、わたしが釣りあげれば、采女様が不機嫌になられます」

「ならぬ」

「なります」

「わかるのか?」

「こう、頬がぷくりと膨らみまする故、わかります」

「膨らむ？　この頬が⁉」

「膨らみます」

ほれ、このようにと、伴太夫は自分の頬を膨らませてみせた。

「それでは鰒じゃ」

采女は笑った。

「いらぬ心配じゃ。存分に釣ればよい」

「采女様よりたくさん釣ってもかまいませぬか——」

「かまわぬ」

ふたりで竿を出してからも、沙魚はそこそこにあがってきた。

船は、小さく波に揺すられて、持ち上げられ、また下ろされる——それが心地よかった。

空が高い。

潮風が頬を撫でる。

これまで、頭上を天井によって塞がれていたあの日々は何であったのか。

広い海と、高い天の下にいるだけで、これだけ人の心はかわるものなのか。

捜せば、たやすく、あのもの憂く苦しい心の場所を捜しあてることはできる。ともすれば、心はそこに向いてしまう。

しかし、鉤に魚が掛かったその瞬間だけは、その憂きものが消えている。

色々のものが、自分から去った。

妻の阿久里が死んだ。

城勤めも失敗をした。

だが、自分にはこれがある。

この釣りがある。

「お城勤めをなされている間も、腕は鈍ってはおりませんでしたな」

長太夫が言った。

これまで、長太夫には、側小姓になったことや、その役を下りたことについては、語ってはいなかった。

しかし、長太夫の口振りでは、それを噂で耳にはしていたらしい。

まさか、六日前にその城勤めをやめたことまでは耳に届いてはいないであろうが、こうして再び釣りを始めたことや、船の内での話しぶりから、薄々何かは感じとっているのであろう。

釣っていると、微かに、陸の方から、深川八幡の祭りの賑わいが、風に乗って届いてくる。

陽差しは、強くもなく、弱くもなく、風の温度もほどがよい。

祭りの喧騒とは別に、賑やかな三味線の音も聴こえている。

佃島のすぐ沖に、十艘ほどの屋形船が停まっていて、三味線の音はそこから聴こえてくるのである。時おり、どっと人がさざめき笑う声も届いてくるが、ほどのよい距離があるため、かまびすしいほどではない。

むしろ、心地よいくらいである。

誰かが、屋形船を繰り出して、豪勢に船遊びをしているらしい。

「紀伊国屋様で……」

長太夫が言った。

「あの、紀伊国屋……」

「文左衛門様でございます。あちらはあちらで楽しまれている御様子でございますな」

祭りの人混みも、船遊びの騒がしさも、このほどよい距離を置いて三年になれば、悪いものではない。

「釣りが、一番でござりますなあ……」

長太夫は、独り言のように、天に向かってほろりと言った。

長太夫も、もともとは水戸藩のお抱え能楽師であった。それが、自らその職を辞して、船頭になってしまった人間である。

口にせずとも、通じあうところが、采女にはあった。

城を辞す前に、采女は綱吉に目通りしている。

辞するにあたっては、石川四郎右衛門が、采女にその決心をさせた。

石川四郎右衛門が、采女を訪ねてやってきたのは、七月二十日のことであった。采女が塔之沢温泉から帰ってきて十二日目のことである。

「津軽殿よ、いいかげんにせぬか」

四郎右衛門はそう言った。

思ってもみなかった言葉だった。

「いいかげん？」

「そろそろ決心をしたらどうじゃ」

「何の決心でござりましょう」

「決まっておるではないか。お役を自ら降りる決心じゃ」

「脚が治らぬでは、お役目を果たせぬからでござりましょうか」

「それもある」

「まだ、他にもあるのでござりますか」

「皆まで言わせるな。わからぬか？」

そう言われても、采女には何のことかわからないのは同じであった。

「そなたの義父である、吉良様は、何もおっしゃられてはおらぬのか」

四郎右衛門の声は、少しいらついているようでもあり、采女を不憫に思っているようでもあり、采女を訪ねてしまったことを後悔しているようでもあった。

「これはな、柳沢様の御意志でもある」

柳沢様というのは、もちろん、側用人の柳沢保明のことである。

四郎右衛門がここへやってきたことの背後には、柳沢保明の意志が働いているということであった。

「そなたの脚が治ってもらっては困るということじゃ」

思いがけないことを、四郎右衛門は言った。

「何故でござりましょう」

「よいか、その脚の傷はな、上様が夜に御乱心あそばされて、そなたに切りつけたがためにできた傷じゃ」

「はい」

「そなたの脚が治る。治った以上は、今度のこと、そなたに落度があるわけではない。また、もとのお役目にもどさねばならぬ。するとどうなる？」

「どう？」

「上様は、毎日そなたの顔を見ねばならなくなるということじゃ」

喉から、しぼり出すように、四郎右衛門は言った。

あっ、
と、采女は心の中で声をあげていた。

四郎右衛門の言っていることの意味が、ようやく呑み込めたからだ。

そうか。

そういうことであったか。

采女の顔を見れば、いやでも綱吉は、あの晩のことを思い出さねばならない。夜に、うなされ、声をあげて起きあがり、刀を抜いて切りつけて、家臣に手傷を負わせてしまったのだ。

外聞のよい話ではなく、城内でも一部の者の耳にしか入っていない。

表向きは、采女があやまって自らの脚を傷つけてしまった——そういうことになっている。

采女の顔を見る度に、そのことを思い出すのでは、綱吉もたまらない。

「傷を負ったおり、すぐにお役目を辞しておればよかったのじゃ。さすれば、上様も、柳沢様も、そなたを悪いようにはしなかった……」

「——」

「これまで、上からどのようなお達しもなかったのは、そなたの傷が治らず、城中に上ることがなかったからじゃ。上様は、お役を辞したいと、そなたがいつ言い出すか、いつ言い出すかとずっと待っておられたのじゃ。それが、一年、二年近くになろうというのに、いっこうに言い出す気配がない。よいか、上様自らのお口で、そなたに役を辞せと言えるか？」

言えない。

それは訊かれるまでもなかった。

「わしが上様なれば、そなたをうとましく思うておるところじゃ」

四郎右衛門に言われるまでもなかった。

四郎右衛門の言うことはよくわかる。それに、どうして、今まで自分は気づかなかったのか。気づかずに、この一年半余り、自分の傷を治して、お役にもどることばかりを考えていた。

「もちろん、そなたに落度はない。しかし、今となっては、落度ありと、そう思われてもしかたあるまい」

「はい」

采女はうなずくしかない。

「残念じゃ……」

四郎右衛門は、采女がようやく気づいたことに、ほっとした様子で言った。

「はい」

采女は、そう言って頭を下げるしかなかった。

そして、采女は、側小姓の役を辞する決心をしたのである。

采女が、綱吉に目通りしたのは、城を辞する日であった。

〝許せ〟

とも、

〝御苦労であった〟

とも、綱吉は言わなかった。

ねぎらいの言葉は、何もない。

綱吉は、ただ黙って、采女の報告を聴いていただけであった。

ただ、一度だけ、

「この後、どうするのじゃ」

それだけを訊ねてきた。

深い意味があっての言葉ではない。ただ、何か言っておかねばという思いから、たまたま発せられた言葉であろう。

「釣りを……」

それに、思わず采女はそう答えていた。

頭を下げている間に、将軍の立ちあがる気配があり、衣擦れの音がして、頭をあげた時には、もう、そこに綱吉の姿はなかった。

今、海の上に浮かんで、釣り糸を垂れている。

もう、一生出世の機会のないのはわかっていた。

しかし、自分には、この竿が残った。

これまで、瘤のように肉の中に凝っていたものが、ゆるやかに溶け出していた。

その溶けた中から、やりきれない哀しみの如きものが顔を出しそうになる。それをむき出しにする必要はない。それと、正面から向き合う必要もない。

それは在る。

その、在るものを忘れる必要もない。

その在るものと、これから上手につきあってゆけばよいのだ。

つきあってゆけるだろうと、采女は思った。

この、釣りがあれば……

三

朝湖(ちょうこ)は、眼が覚めた。

障子の隙き間から洩(も)れてくる陽光が、顔に当っていたのである。

それが眩(まぶ)しくて、何度か寝返りを打っているのだが、眠ると自然にまた体勢がもとにもどってしまい、その陽光を顔に受けてしまうのである。

それで眼が覚めたのだ。

どこか?

そう思う前に、朝湖の横に男の身体(からだ)が仰向けになって、鼾(いびき)をかいているのに気がついた。

陽光を避けて寝返りを打つ度に、この身体にぶつかって、結局もとの姿勢にもどってしまうため、陽光から逃げられなかったのだ。

酒臭い臭いが、部屋の空気の中に満ちていた。

頭を起こし、胡座を掻いて横を見やると、横で寝ているのは、其角であった。

ここが、〝はまの屋〟の二階であると、ようやく朝湖は思い出していた。

深川にある料理屋だ。

昨日、船遊びをして、その後〝はまの屋〟に入って、騒いだのだ。

〝はまの屋〟は、全て紀伊国屋文左衛門が借りきった。飲んで、騒いで、そのままここで眠ってしまったらしい。

畳は、こぼれた酒で臭い。

「畳でも何でもね、酒で濡らしたら、みんなあたしが取りかえましょう」

紀伊国屋文左衛門はそう言った。

「それで新しくなるんならば、ここの女将に酒をぶっかけてみてえ——」

朝湖が言うと、皆がどっと声をあげて笑った。

そのあたりまでは覚えている。

昨日は、本当に、朝から遊んだ。

早朝から屋形船をしたて、大川を下りながら深川祭りの賑わいを見物し、海へ出て、佃島の沖に船を停め、そこで釣りをしながら遊んだのである。

十艘の屋形船に芸者や料理人を入れ、三味線を弾かせ、釣れた魚をその場で料理らせた。

朝湖の乗った船には、其角、紀伊国屋文左衛門、ふみの屋――それから、このところ釣りを覚えて、それにすっかりはまってしまった観世新九郎がいた。

釣れたばかりの沙魚をてんぷらにして、塩をぱらりと落として食べる。

それで冷や酒を飲る。

興の乗った新九郎が、舳先に立って、三味線に合わせて舞うひと幕もあり、宴は賑やかなものとなった。

ふみの屋が、深川祭りの見物に来るというので、その前日に、いきなり決心してだんどりをつけた船遊びであった。

いつもは船頭を務める長太夫が、今回は、

「明日は、ちょいと先約がございまして――」

櫓を握らなかったことが、少し残念なことであった。

「おい、其角よう、起きろ」

朝湖は、肘で、其角の肩を突いた。

うーん、と低い声をあげた其角をなおも小突くと、

「どうしたんでぇ、朝湖の兄貴よう」

其角が眼をこすった。

畳の上に、ちろりや、逆さになった杯が転がっている。

新九郎は、すでに昨夜のうちに帰っている。

「起きろ起きろ、もう朝だぜ」

手を伸ばして、障子戸を引き開けると、明るい陽差しが部屋の中にどっと流れ込んできた。

「朝じゃねえ、もう昼じゃねえか」

頭を掻きながら、其角が上体を起こした。

見下ろせば、下に〝はまの屋〟の庭が見え、向こうに離れが見えている。

昨夜、その離れに泊まったはずのふみの屋が、すでに起き出していて、池の縁に立って、池を眺めている。

その横に立っているのが、文左衛門であった。

　ふたりの後方に、ひとりの男が立って、ふみの屋と文左衛門に向かって、何やら背から声をかけているところであった。

　見るとはなしに、それを眺めていると、

「なんじゃと!?」

　ふみの屋のその声が、ふいに届いてきた。

　ふみの屋の背に向かって声をかけているのは、いつもふみの屋の世話をやいている助左という男であった。その助左の言うことに、ふみの屋が驚いて、声を大きくしたものらしい。

　ふみの屋と文左衛門は、後方を向いて、助左と向きあった。

　助左が、また何かを言うと、

「綱吉め、どこまでものがわからぬ男じゃ」

　ふみの屋は、今度は語気を荒らげてそう言った。

　綱吉!?

　朝湖の知っている綱吉は、この世にひとりしかいない。江戸城を住まいとしている将軍徳川綱吉である。

　まさか、ふみの屋が、天下の将軍様の名を呼び捨てにしたのか――

「おい、起きろ、其角。なんだか、下じゃあ妙なことになってるようだぜ——」

朝湖は、階段を下り、下駄(げた)をつっかけて、庭へ出た。

その後方に、其角が続く。

池の向こうに、ふみの屋、文左衛門、助左がいるのが見える。

池を回り込んで、朝湖と其角は、三人の前に立った。

「旦那(だんな)、何があったんで？」

朝湖が文左衛門に訊ねた。

「新しい生類憐(しょうるいあわれ)みが出たのだ」

「またですかい。今度はどんなので？」

「それがな、釣り船禁止の令なのだ」

「釣り船の禁止？」

「そうなのじゃ」

答えた文左衛門を代弁するように、

「本日より、楽しみのために釣りをしたり、勝手に魚を捕って食べるというようなことができなくなったということでござります——」

助左が頭を下げた。

「何だとう?」

「魚を捕ってもよいのは漁師だけということじゃ」

文左衛門の言葉に、

「そんな馬鹿な話があるけえ!」

朝湖が声を荒くした。

「ひでえ」

其角が、呻(うめ)くように言ったのにかぶせ、

「あの男、病んでおる……」

ふみの屋が、つぶやいた。

「あの男?」

朝湖が、ふみの屋を見やった。

その視線に気づき、

「将軍様じゃ」

ふみの屋は、口の中の異物を吐き出すように言った。

しかし、ふみの屋が、どうして将軍のことを、あの男、などと言えるのか。

「心の病じゃ。どうにもならぬ」

ふみの屋の双眸(そうぼう)に昏(くら)い灯(ひ)が点(とも)っている。

「ほうっておけば、いずれ、漁師も魚を捕るな、喰うなで、人が食べるものがなくなってしまうであろうよ」

「その通りで——」

「もとより、生命は、人に限らずどのような生類(しょうるい)であれ、憐むべきものじゃ。かといって、それが行きすぎては人の世がたちゆかぬ——」

ふみの屋は、溜め息をついた。

「昨日のような、馬鹿な騒ぎは、もうできませぬかなあ……」

紀伊国屋が、誰にともなく独語した。

「このような締めつけが続けば、いずれはどこかで、膿(うみ)が吹き出すように、もっと馬鹿なことがおこるであろう」

「はい」

「哀れな男じゃ……」

深い溜め息と共に、ふみの屋は言って、小さく首を左右に振った。

四

陽差しの中を、采女は歩いている。

すでに秋に入っていた。

頬をなぶってゆく風が気持よい。

半歩退がって、兼松伴太夫が一緒に歩いている。

ともかくも、屋根の下から出てきたのは正解だった。

この七日余り、ほとんど外出せずに、屋敷にこもっていたのである。その間、采女は、鬱々として日を過ごしていた。

釣り船禁止令——

その知らせを伴太夫が持ってきたのは、久しぶりに釣りに出かけたその翌日——今から七日前のことであった。

釣りからもどった翌日、また近々にも船を出そうということになって、長太夫のところへ行っていた伴太夫が、顔を曇らせてもどってきたのである。

「明日、船を出せなくなりました」

伴太夫はそう言った。

「どうした、長太夫の都合がつかぬのか。なれば別の船にすればよいではないか」

「そうではございませぬ」

「では何だ」

「お上からの御達示で――」

「なんだって!?」

「本日より、漁師以外の人間が釣りをするのは、まかりならぬと――」

「本当か!?」

半信半疑でそう訊ねた采女に、

「まことでござります」

伴太夫は言った。

「いや、たいへんなことになりました」

人をやって伴太夫の言ったことを確認させると、それが本当のこととわかった。

「何ということだ」

悲鳴にも近い声を放ち、采女は嘆息した。

いったいどういうことか。

我慢に我慢をして三年――ようやく、昨日釣りを始められたというのに、その翌日にもう釣りが禁止されてしまったのだ。

釣り糸さえ垂れることができるのなら、この先、なんとか自分は生きてゆくこともできようと、そう思った矢先のことだ。それから七日、采女はもの憂い日々を過ごしてきたのである。

これは、綱吉の復讐なのか!?

采女の脳裏に綱吉の顔が浮かんだ。

自分が、側小姓の役を辞したその直後といっていい時期に、このような令をどうして出すのか。

辞す時に、綱吉に問われて、

「釣りを……」

と采女は答えている。

あれが原因なのか。

役に固持して、なかなかやめようとしなかった自分への、これはあてつけなのか。

まさか、と思う。

自分は、それほどの人間ではない。自分のような人間に対して、いちいちそこまで気を向けていたら、心の安まる間がないではないか。

これは、偶然のことであろうと、そう思いたい。

しかし、上野で、眼を血走らせて屏風(びょうぶ)を立てさせた時の綱吉の姿を思い浮かべると、〝いや、あるやもしれぬ〟

あながち偶然とも思えなくなってくるのである。

時を重ねるにつれて、綱吉の心の中に巣喰う思いは、静まるどころか、その度を増してゆくものらしいとわかっている。

いやな思いや出来事について、人は時を経てゆくにつれて忘れてゆくものだ。時と共に、記憶を薄れさせてゆくものだ。しかし、綱吉にあっては、それは、そうではないらしい。

もしも、自分があの時釣りのことを口にさえしなければ……

いずれは、出るべきものではあるにしても、この釣り船禁止令の発令は、もっと後になっていたのではないか。

そのようなことを、この七日間、采女はずっと考えていたのである。

「采女様、ちょっと鉄砲洲にでも足を運んでみませぬか――」

伴太夫が声をかけてきたのは今朝のことであった。

「鉄砲洲へ？」

「様子を見にまいりましょう」

「何の様子を見にゆくのだ」

「もう、大川にもだいぶ沙魚が上ってきていることでしょうから——」

「しかし、どれだけ沙魚が上ろうと、秋鱠残魚(ギス)が上ろうと、釣りはできぬのだぞ」

「まあ、そう言わずに、長太夫の顔でも見に行って、釣り船禁止令の出たその後の様子など訊ねてみましょう」

言われて、采女もその気になり、屋敷を出てきたのである。

屋敷で拗(す)ねていてもしようがない。役を辞してから、時間はたっぷりあるのだ。

鉄砲洲へ来てみると、さすがにそこで竿を出している人間はひとりもいなかった。

「今であれば、いくらでも好きな場所に入ることができるな」

口の端(はし)に微笑を作り、采女はそう言った。

早朝に釣り場に向かうというのは、潮を選んでそうなる時もあるし、魚によっては朝の方が喰いが立つということもある。そして、もうひとつには、早朝に現場へ行き、誰も人がいなければ、一番良い場所に入って竿を出せるということもあった。

鉄砲洲で言えば、水の中に何本かの杭(くい)が立てられているが、その杭の上流から五本目あたりのところがよく釣れる。時期や、日や、時間、年によってその場所は変るが、釣りに出た時に、他の釣り人の竿がどれだけあがっているか、釣り人は見るともなく見ており、それを心の中に留めておく。

五番目の杭の沖あたりをねらっている釣り人の竿がよくあがっていれば、次に来る時は、もっと早く来て、その竿のあがっていた釣り人の立っていた場所に誰よりも早く入ろうと思う。

「側小姓のお役をいただく前は、あのあたりがよく釣れていたが……」

采女は、五番目の杭の沖へ眼をやりながら言った。

いくら釣れていても、一度水が出れば、すぐにその釣れる場所が変化する。釣りは、その場その場でいくらでも変るものだということを、采女はよくわかっていたが、それでも、ついつい、かつてよく釣れた場所へ竿を出してしまうというのが人間であるということも、采女はよくわかっていた。

「長太夫の小屋に行ってみましょう」

伴太夫は、先に立って歩き出した。

長太夫の小屋は、鉄砲洲をほんの少し下った海沿いにあった。

岩が顔を出している短い砂浜があり、陸側(おかがわ)に草の生えた土地があって、そこに流木を柱と梁にして建てた粗末な小屋がある。

嵐で海が荒れれば、波が駆けあがってきて、草葺きの屋根ごとその小屋をさらっていってしまいそうであった。

住まいは別にあるのだが、長太夫は、春から秋までは、ほとんどそこで独りで暮らしている。

網や籠などの漁具や、銛などが土間に置かれていて、竈がひとつ。板を敷いた床はほんのわずかばかりで、長太夫はそこで寝泊まりをしている。

采女も、ここへは何度か顔を出している。

ふたりが顔を出すと、

「おや、津軽様、伴太夫様、おそろいで――」

土間の竈の前にしゃがんで火を焚いていたらしい長太夫が立ちあがってきた。

見れば、板の間には、来客がいた。

ふたりの武士で、土間に足を残したまま、板の間に尻を乗せている。采女はそのどちらも顔を知っていた。

松本理兵衛と、阿久沢弥太夫であった。

ふたりは、八年前に、紀伊国屋が催した鉤勝負のあとの試し釣りで争い、阿久沢が勝っている。その時以来、ふたりでよくつるんで釣りに出かけているのを、采女は知っている。

松本理兵衛と阿久沢弥太夫は、長太夫に遅れて立ちあがり、どちらもむっつりとした顔で、采女と伴太夫に向かって、眼で挨拶をし、小さく頭を下げた。

「御無沙汰でござります」

頭を下げながら小屋の入口で采女が、そう言うと、

「久しぶりじゃ」

阿久沢が、硬い声で言った。

「久しぶりじゃ」

阿久沢と同じ言葉を繰り返した松本理兵衛も、声に明るさがない。

「今度(こたび)はとんだことであったなあ」

伴太夫が長太夫に言った。

「へえ」

誰もが、そのとんだことというのが何のことであるかわかっている。

「どうじゃ、様子は？」

「ただ今も、松本様、阿久沢様にお話し申しあげていたところなのですが、それが、

さっぱりで――」

鉄砲洲にも釣り人はおらず、海を見回しても、釣り船らしき船影（ふなかげ）は見えない。

土間を歩いてきて、

「知っての通り、たいしたところじゃありませんが、どうぞ、お座りになって下さい」

長太夫が、采女と伴太夫をうながした。

しかし、立ったまま、他の四人はそこで顔を見合わせてしまったまま動かない。

誰から、どこにどう座ったらよいのか、迷ってしまったのである。

すでに、この時には、阿久沢も松本理兵衛も、采女が、津軽家の跡取りであることを知っている。ふたりより年齢は若いが、身分は上だ。

松本と阿久沢にとっては、采女が座らぬうちに座るというわけにもゆかず、上下の座のことも考えねばならない。

それを見て、長太夫が苦笑した。

「何を気がねなさっておられます。釣り船に乗り合わせて、誰（たれ）が誰などと気がねをしていたら、おもしろうございませぬぞ」

長太夫は、元、水戸（みと）藩の能楽師である。

それが、釣りが好きで、漁師になってしまった人間である。

「釣りのことなら、これまで通りで、よろしいではござりませぬか――」

「う、うむ」

阿久沢は、困ったように視線を海に向けた。

眼の前で、海がゆったりとうねり、陽を受けて光っている。

いつもと同じ海であった。

四人を放ったままにして、

「今度のことは、わたしよりは皆様の方がたいへんなのではござりませぬか」

長太夫が言った。

「わたしなどは、漁師でござりますから、いつでも好きなように船を出せますが――」

「それは、そうじゃ」

阿久沢は言った。

「そうじゃ。釣りの時だけ、長太夫の弟子になればよい。長太夫の弟子なら漁師じゃ。漁師ならば魚を釣ってもよいということではないか」

松本理兵衛が、それに賛同すると、

「なるほど」

伴太夫がうなずき、

「采女様、我々もこの長太夫に弟子入りいたしまするか」

「ならば、長太夫ではない、長太夫先生と呼ばねばなるまい」

采女は言った。

「どうじゃな、長太夫先生」

伴太夫が言うと、

「いつでも」

長太夫がうなずいた。

それで、硬かった座の空気が和んだ。

五

四人で、板の間に座して、海を眺めている。

眼の前が、広い海だ。

長太夫が点てた茶を、それぞれが飲んで、その場にあった緊張がほどけていた。

「しかし、長太夫に、このような茶のたしなみがあったとはなあ」

伴太夫が、感心したような声で言った。

「我流でござります。茶などというようなものではござりませぬ」

長太夫は、竈の前に置かれた丸太の上に腰を下ろしている。

「しかし、それにしても、今度のことはひどい……」

松本理兵衛が、憤懣を抑えきれぬ声で言った。

「なあに、その気になれば、釣りはできるさ──」

阿久沢は、胆を決めたような口調で言った。

「できますか、釣りが!?」

采女が訊ねた。

「黒鯛洲より先へ出てしまえば、船の上で何をやっているかなどは、もはやわからぬ。竿さえ出さねばよい。手釣りで釣ればよい」

「うむ」

松本理兵衛がうなずいた。

「いずれにしろ、役人でさえ、この法がおかしいとは思うているのだ。表立ってやらねば、お目こぼしもあるであろう。竿を見つけられねば、それでよい。このひと月ふた月は、見せしめで取り締りもきついかもしれぬが、いずれはそれもゆるむであろう」

理兵衛の言うことにも一理ある。

役人は役人で忙がしく、わざわざ海の上まで船を出して、浮かんでいる船が何をやっているか、いちいち調べに来るわけではない。それでなくとも、仕事は色々とある。釣りのことまで本気になって取り締ってはいられないはずであった。

怖いのは、誰かに恨まれることがあって、釣りのことを密告されたりすることである。密告されたら、当然、役人もそれについて調べねばならない。

他に怖いことと言えば、釣りをしている現場を役人に直接見られてしまうことである。あるいは、船に竿を積んであるのを役人に見られてしまうことである。

見た以上は、役人も、それを取り締らねば今度は自分の身が危くなってしまう。

「そもそも、生類憐みのこと、誰もがおかしいと思うている。おかしいと思うてない人物はこの世にただひとりだけじゃ。それが、天下の将軍様であるというのが困ったところなのだ」

松本理兵衛が声を大きくした。

「今度の令については、投竿翁殿も、なげいておられることであろう」

そう言ったのは、阿久沢弥太夫であった。

「投竿翁？」

　采女が訊ねた。

「我が師とも言うべきお方じゃ」

「どういう方なのですか」

「それが、わたしにもようわからぬ人物で、ただ、自分のことを投竿翁と名乗っていたことだけは確かじゃ」

「どのようなお方だったのでしょう」

「初めて会うたのは、十四、五年も前のことよ。しかも、会うたその場所というのが、この鉄砲洲じゃ」

「ほう」

「凄いお方であったな。初めて会うた時、いったい、どのような釣りをしているのか、まるでわからなかった」

「どういう釣りをなさっていたのでござりましょう」

「鉤のない釣りじゃ」

「鉤のない……」

采女は、その人物の言っている〝鉤のない釣り〟の光景を思い浮かべることができなかった。

「わたしの見ている前で、投竿翁殿は、次々と魚を釣りあげていったのだ。その、鉤のない釣り方でな」

阿久沢弥太夫は言った。

六

阿久沢弥太夫が、竿を手に持ち、魚籠(びく)をぶら下げて鉄砲洲までやってきた時、その老人は、すでに竿を出していた。

あらかじめ、弥太夫が入ろうと思っていた杭の前だった。陽が、ようやく昇るかどうかという頃であり、陽光こそ差してはいなかったが、あたりは、もう十分釣りができる程度には明るくなっていた。

他に釣り人はおらず、竿を出しているのはその老人ひとりであった。

眺めていると、ひょい、ひょいと老人の竿が立って、次々と沙魚があがってくる。

弥太夫は、老人の上流側に入った。

竿を出した後も、弥太夫は老人の方が気になっている。ほどよく魚信があって、弥太夫の竿にも沙魚がかかってくるのだが、老人の方が、よくかかっている。

弥太夫は、釣りを始めてまだ間もない頃であったが、すでに仕掛けには自分独自の工夫もするようになっており、釣りにはいささかの自信があった。

しかし、どうも、老人の方が、弥太夫よりも数をあげている。

たまたま、入った場所がよかったのであろう。そもそも、そこは、本来自分が入ろうと思っていた場所なのである。自分が予定通りそこへ入っていたら、今の老人くらいは釣れたことであろう。

そう考えて、弥太夫は自分を慰めたりしていたのである。

しかし、その日だけではなかった。

以来、その老人と何度か鉄砲洲などで顔を合わせ、並んで竿を出すようなこともあったのだが、どの場合も、どの時も、その老人の方が、数をあげているのである。

一度や二度ならともかく、いずれの時も老人の方が、たくさん釣りあげているのがわかる。

不思議だった。

たまたまいい場所に入ったというのなら、時には自分の方が多く釣るということがあってもいいのに、それがない。

気をつけて様子をうかがっていると、仕掛けを落としてから釣りあげるまでの時間は、それほど変りはない。ただ、自分の場合は、どうかすると、しばらく釣れぬ時間が長いような気がする。

喰いがたてば、同じ場所で、次々に沙魚が掛かる。しかし、その場所を釣りきってしまったら、次には別の場所へ仕掛けを落とさねばならない。ほんの一尺、仕掛けを落とす場所を変えるだけで、また、次々に沙魚が不思議なほど掛かるということは、よくある。それは、弥太夫もわかっていた。

老人の場合は、ある場所の沙魚を、完全に釣りきってしまうということをしてないようであった。ひとつの場所で沙魚を釣っている。次々と沙魚があがってくる。そのうちに、ぽつり、ぽつりとあがるだけになり、だんだんと、次の一尾までの間があいてくる。この間があくようになる少し手前の段階で、老人は、仕掛けを落とす場所を変えているらしい。

自分の場合は、掛かりが遠のいた時でも、しばらく同じ場所でねばってしまう。それでも釣れなくなって、はじめてその場所に見切りをつける。老人の場合は、その見切りをつけるのが、弥太夫より早いのだ。しかも、次にどの場所へ仕掛けを落とすか、前もって決めてでもいるように、ためらわずに、別の場所に竿を出す。

自分の場合は、次の場所を捜すのに、あちらやこちらへ、さぐりを入れている時間が長いのだ。

なるほど。

それならば、理解できる。

これは、慣れであり、場数を踏み、この場所へ何度も通えば、おのずと自分もできるようになるはずのものだ。

老人の釣技の秘密のひとつを、見ることで弥太夫は盗んだのである。

しかし、それだけではない差があった。

自分が、仕掛けを落とす回数よりも、老人が仕掛けを落とす回数の方が、どうやら多いようなのだ。

自分が釣れぬ時は、釣れている老人の方が仕掛けを落とす数が多いのはわかる。しかし、どちらの竿にも次々と沙魚が掛かっているというのに、老人の方が、仕掛けを落とす回数が、明らかに多いのである。

きちんと数えたわけではないのだが、どうも、自分が七度仕掛けを落とす間に、老人は十度は、仕掛けを落としているらしいのである。見ていると、どうも、老人の方が、手がえしが速い。

仕掛けを水中に落としてから、釣りあげるまでの時間はあまり変らないのだが、釣った魚を魚籠に落として、また、次に仕掛けを落とすまでの時間が、老人は弥太夫よりも短いのである。

弥太夫は、自分の釣りの方よりも、それが気になってならない。自分の釣りよりも、老人の手元の方に注意が向いてしまう。

そうして見ていると、幾つかわかったことがあった。

餌(エサ)は、老人も自分も、どうやら同じ川蚯蚓を使っているようである。違うのは、どうも、釣りあげた沙魚を、鉤からはずす速度のようであった。

自分の場合は、右手で握った竿を立て、掛かった沙魚を抜きあげて、宙で左手に摑(つか)む。

その後、右手に竿尻を握ったまま、右手の人差し指と親指を自由にして、その二本の指で鉤をつまんで、沙魚の口から鉤先を抜きとるのである。左手に残った沙魚を、水中に沈めてある魚籠に繋(つな)がる布袋の口に落としながら、右手はもう、竿を振って仕掛けを海に落とす。

この動作のうち、老人は、どうやら、沙魚の口から鉤をはずすという動作をしていないようなのである。

釣りあげた沙魚を左手で受け、鉤をはずすという所作なしで、そのまま沙魚を魚籠の中に落としているのである。

いったい、どうやって鉤をはずしているのか。

注意して見ていると、

「気になるかね、お若いの——」

老人が、声をかけてきた。

こちらを向いたその顔は、ちんまりとまとまった猿のような面をしていた。

「何のことじゃ」

思わず、弥太夫がとぼけてしまったのは仕方がない。あまりにも突然のことであったからである。

「わしのこの釣り方に興味があるのであろう——」

いきなり棒を突き出してくるような直截(ちょくせつ)なその問いに、弥太夫が、

「ない」

そう答えてしまったのも、心の準備がどういうかたちにしろできていなかったからである。

「ふうん……」

と、これまでむっつりとしていた老人の口元が、わずかに嗤(わら)ったように見えた。

その時には、弥太夫は胆(はら)を決めていた。

「いや、興味はある」

正直に、弥太夫は言った。

その顔が、やや怒っているように見えるのも、これは仕方のないことだ。

「さっきから、見させていただいていたのだが、御老人は、掛かった魚をどうやって鉤からはずしているのか、それがようわからぬ故(ゆえ)、ずっと気になっていたのだ」

素直に弥太夫は告白した。

「この数珠子(じゅずこ)掛けかね」

「数珠子掛け？」

「そうじゃ」

「いったい、どのような鉤をお使いになっておられるのか、掛かった魚をはずすのに、いくらもかかってないように見えるが……」

「いや、鉤などは使うておらぬよ」

「鉤を、使ってない？」

「ああ」

「まさか、釣りに鉤を使わぬなどということは——」

「見てみるかね」

老人に言われて、

「見たい」

弥太夫は、老人に歩みよって、その横に並んだ。

「ほれ」

老人は、左手に錘をつまんで、弥太夫の前に餌をぶら下げてみせた。

小さく揺れているそれへ手を伸ばし、弥太夫は、それを掌の上に載せた。

本当であった。

弥太夫の掌の上に載っているのは、幾匹もの川蚯蚓が何重にもからみあった、子供の小指の太さほどのものであった。よく見ながら指で広げてみれば、一本に見えたそれは、実は輪であり、それが、ぶら下げると自重のため輪の部分がくっついて、一本の太い川蚯蚓のように見えるのである。

確かに、鉤はどこにもない。

「これが、数珠子掛け？」

「そうじゃ」

老人は言った。

「まず、釣り糸の先にな、針を付ける」

「針を？」

「その針をな、川蚯蚓の頭から刺して、尾で抜く。そうやって、三匹か四匹の川蚯蚓を糸に通して、それが輪になるように糸を上で結んで、針をとってしまえば、仕掛けのできあがりじゃ」

まさに、今、弥太夫が眼にしているのは、老人が口にした通りのものであった。

しかし――

「これで、沙魚が釣れるのか？」

「見た通りじゃ」

言われてみれば、弥太夫もうなずくより他はない。

「沙魚は、大きさのわりに、その性獰猛（どうもう）でな。餌を口に入れて、すぐに放すということがない。それで咥（くわ）えたまま、釣りあげられてしまう。覚えがあるであろう」

確かに、覚えはある。

鉤まで呑み込んでいない沙魚が、川蚯蚓を咥えたまま、釣りあがってくるということが、時おりある。

そういうことか。

弥太夫は、うなずいた。

普通、沙魚が川蚯蚓を鉤まで咥えていない時、あわせた時に、川蚯蚓がちぎれて、鉤がかりせずに逃げてしまうのだが、老人のやっているこの釣法だと、川蚯蚓の中心に糸が通っているため、川蚯蚓が身切れするということがない。そのため、沙魚が上まであがってくるのである。

「ああ、なるほど――」

弥太夫は、うなずいた。

老人の言うことが、理解できるほどには、弥太夫も、沙魚釣りの場数を踏んでいる。

「わかったかね」

この釣法であれば、餌の交換が、鉤釣りよりはずっと少なくてすむ。さらに、鉤がないため、川底の石や、流木などに根掛りするということがない。

途中で、沙魚が落ちてしまうということもあるが、総合的に判断すると、この釣法に慣れれば、釣果(ちょうか)があがる。

「釣れた沙魚は、手で握れば、すぐに口を離すから、そのまんま、魚籠に放り込めばぶら下げると、仕掛けの川蚯蚓の部分が数珠のように見えるから、数珠子掛けと名をつけたのであると、老人は言った。

「わしが工夫じゃ」

老人は笑った。

「御老人、名は何と申される？」

弥太夫が訊くと、

「俗の名は、忘れた――」

老人は言い、

「投竿翁と呼んでくれればよい」

老人は、眼を伏せ、溜息をつき、また、仕掛けを海に落とした。

もう、弥太夫の方を振り向かなかった。

七

「数珠子掛けか……」

松本理兵衛も、今日、初めてその話を耳にしたのか、そうつぶやいていた。

「わたしの、弥太夫鉤に、返しをつけぬのも、数珠子掛けを見たからかもしれぬ」

弥太夫は、鉄砲洲の方角に眼をやった。

「数珠子掛けは、試されたのですか？」

采女が訊ねた。

「試しました」

「具合は？」

「鉤を使うのと同じくらいには釣れるようになりましたが、途中からまた鉤を使うようになりました」

「それは、どうしてでしょう」

「沙魚が充分に餌を咥えたかどうか、この間を計ることが、この数珠子掛けの妙であり、また、いかに沙魚を落とさずに抜きあげるかがこの釣りの味噌でありますが、自分の釣りは、もう少し違うところに楽しみがあるのです」

「何でしょう」

「魚が鉤に掛かって、右に左に泳ぎ、首を左右に振って動く——これが竿に伝わってくるのを、自分は味わいたいのです」

「――」

「ですから、魚が鉤に掛かっても、すぐには抜きあげず、この竿の震えを楽しんだりというゆとりが、この数珠子掛けにはないのです」

「なるほど――」

　采女にも、弥太夫の言わんとするところはわかる。采女自身も、それは同様であった。魚が鉤に掛かって暴れる――その感触を竿で味わいたい。しかし。数珠子掛けでは、その遊びをしているうちに、魚がはずれてしまうことがありそうである。

「自分の釣りの好みがわかったというだけでも、数珠子掛けを試した甲斐がありました」

「しかし、その投竿翁殿、なかなか、数寄心のある名でござりますな」

　言ったのは、兼松伴太夫である。

「投竿――つまり竿を投げてしまうということは、もう釣りはせぬ、釣りはできぬという意でありましょう。竿を手から放せぬほど釣りが好きであればこそ、しゃれてそういう名を名のっているのでしょうな」

「投竿翁の持っている竿を、何かのおりに見せてもらいましたが――」

　弥太夫が言うと、

「どのような竿でしたか」

　采女が訊いた。

「二間半の丸。節が三十七もある、野布袋竹を片ウキスにしたもので——」

　丸——というのは、繋ぎ目のない、手尻から竿先まで、まるまる一本の竹だけでできている竿のことである。

「ろくろくよりも、ひと節多い三十七か——」

　伴太夫が言った。

「で、その投竿翁殿、どういうお方なのですか」

　采女が問うた。

「それが、わかりませせぬ。教えていただけたのは、後にも先にもその時ただの一度だけで、後は、特別に何かを習った教わったという記憶はないのです。そのかわりに、釣っているところを見ながらたくさん盗ませていただきましたよ。投竿翁がわたしの釣りの師というのは、そのくらいの意味でね。しかし、色々と妙な釣りをやっていたな」

「妙な釣り？」

「竿の先をふたつに割って、先を二本にし、仕掛けをふたつ下げたり、浮子をふたつ、みっつけてみたり――錘にあれこれ色を塗って試してみたり……」

「何故、そのようなことを？」

「釣りの指南書を書くのだとか言っておられましたが……」

「釣りの指南書？」

「それが、できあがったのか、できあがらなかったのか……」

「投竿翁殿、今は、どうしていらっしゃるのです？」

「それも、わかりませぬ」

「わからない？」

「あちらこちらの釣り場で姿を見ていたのですが、この八、九年、とんと姿を見かけません」

「八、九年前といえば、ちょうどわたしが釣りを覚えた頃ですね」

采女は言った。

「どこか患ったか、齢（とし）が齢なんで、もうこの世にないか……」

弥太夫がつぶやくと、

「そうですねえ。わたしが姿をお見かけしなくなったのも、ちょうどその頃からでしょうか……」

長太夫が、また、茶を新しく淹れた茶碗を差し出しながら言った。

「長太夫も、どこのどういう人物であるのか、わからぬのか?」

松本理兵衛が、茶碗を手に取りながら問う。

「挨拶はしても、めったに話をするような方ではございませんでしたから。わたしなどより、阿久沢様の方が、よく話をなされていたのではありませんか――」

「いや、さきほども言うたが、釣り以外の話は、したことがなくてな」

「ああ、ひとつ、思い出したことがございました」

思案げに首を傾けていた長太夫が、小さく手を打った。

「何じゃ」

弥太夫が言うと、

「ちょうど、十年ほども前でございましたか、用事があって、神田へ出たことがありましたが、明神様の前で、姿をお見かけしたことがございました……」

長太夫は、顎を二度三度と引くようにしてうなずき、

「十八、九ばかりの娘と一緒に、神田明神の鳥居をくぐって出てくるのを見ましたが……」

そう言った。

「その時、話は？」

「いたしませんでした。こちらもいそいでおりましたし、声をかけても、御迷惑かと思いまして……」

「ふうむ」

と、弥太夫が腕を組んだところへ、

「さきほどの、釣り指南書ですが、どのようなものをお書きになるつもりだったのでしょう――」

采女が訊ねた。

「春には、鉄砲洲では、どのような魚が釣れるのか。餌は何がよいか。魚によって、鉤をどのようなものにしたらよいのか。竿は、どのような竹で、どのように作ったらよいのか――」

弥太夫が言っているのへ、かぶせるように、

「海の場所場所で、どのような魚が、いつ頃釣れるか。山立ての場所も書かねばなりませぬ。沖へ出て、急に北の風が吹いてきたらどうするか。富士にかかった雲を見て、明日の天気を見立てることも必要でしょう。自分の知識だけでは足りませぬ故、長太夫や弥太夫殿、松本殿のような方からも、色々話をうかがわねばなりません。毎日釣

り場に通って、一年、二年――いえ、五年ほども記録をつけて、それを照らし合わせて、釣りに法則のようなものがあるのかどうか、そういうことも書き記さねばなりません――」

采女はひと息に言ってのけた。

「いや、読みたい。その指南書、できあがっているのなら、ぜひ、読んでみたいものです――」

采女の眼は、火照(ほて)ったように赤くうるみそれまでにない光を放っていた。

（上巻了）

本書は2013年5月講談社より刊行されました。
なお、本作品はフィクションです。

徳間文庫

大江戸釣客伝（上）

2024年6月15日　初刷

著者　夢枕獏

発行者　小宮英行

発行所　株式会社徳間書店

東京都品川区上大崎三−一−一　〒141−8202
目黒セントラルスクエア

電話　編集〇三（五四〇三）四三四九
販売〇四九（二九三）五五二一

振替　〇〇一四〇−〇−四四三九二

印刷
製本　大日本印刷株式会社

ISBN978-4-19-894949-5　（乱丁、落丁本はお取りかえいたします）